Das Buch

Jeden Montag beobachtet Fatou einen Federball, der hinter den hohen Mauern der Botschaft von Kambodscha hin- und herfliegt – *Plong, zack. Plong, zack* –, ein andauerndes Match. Fatou ist auf dem Weg zum Schwimmbad, wo sie jeden Montagmorgen ihre Bahnen zieht. Den Rest der Woche arbeitet sie als Haushälterin bei den Derawals, kauft ein, kocht, putzt und hütet die Kinder. Nein, eine Sklavin ist Fatou nicht. Hin und wieder wird sie zwar geschlagen, und bezahlt wird sie für ihre Arbeit nicht. Aber Fatou ist stoisch, sie geht durchs Leben, wie sie ihre Bahnen im Schwimmbad zieht, und es scheint fast, als würde alles immer so weitergehen – bis Fatou einem der Kinder zufällig das Leben rettet und damit das eingespielte Gleichgewicht der Familie Derawal durcheinanderbringt.

Die Autorin

Zadie Smith, geboren 1975 im Norden Londons, lebt derzeit in New York. Ihr erster Roman »Zähne zeigen«, 2001 erschienen, wurde mit zahlreichen Preisen ausgezeichnet, von der Kritik gelobt und ein internationaler Bestseller. Der Roman »Von der Schönheit«, 2006 erschienen bei Kiepenheuer & Witsch, war auf der Shortlist des *Man Booker Prize* 2005 und gewann 2006 den *Orange Prize*.

Die Übersetzerin

Tanja Handels, geboren 1971, lebt und arbeitet in München und übersetzt zeitgenössische britische und amerikanische Romane, u. a. von Elizabeth Gilbert und Scarlett Thomas. Für Kiepenheuer & Witsch übersetzte sie zuletzt »London NW« von Zadie Smith.

KiWi
1398

ZADIE SMITH

DIE BOTSCHAFT VON KAMBODSCHA/ THE EMBASSY OF CAMBODIA

Zweisprachige Ausgabe

Aus dem Englischen von Tanja Handels

Kiepenheuer & Witsch

MIX
Papier aus verantwortungsvollen Quellen
FSC® C083411
FSC www.fsc.org

Verlag Kiepenheuer & Witsch, FSC® N001512

2. Auflage 2020

Titel der Originalausgabe: *The Embassy of Cambodia*

First published in The New Yorker

Aus dem Englischen von Tanja Handels

Umschlaggestaltung: Rudolf Linn, Köln, basierend auf dem Originalumschlag von gray318
Gesetzt aus der Sabon
Satz: Buch-Werkstatt GmbH, Bad Aibling
Druck und Bindung: CPI books GmbH, Leck
ISBN 978-3-462-04685-4

DIE BOTSCHAFT VON KAMBODSCHA

0–1

Wer rechnet schon mit der Botschaft von Kambodscha? Niemand. Damit konnte, damit kann niemand rechnen. Sie ist für uns alle eine Überraschung. Die Botschaft von Kambodscha!

Gleich neben der Botschaft liegt ein Wellnesscenter. Auf der anderen Straßenseite eine Reihe von Privatresidenzen, die fast alle reichen Arabern gehören (das behaupten zumindest wir, das Volk von Willesden). Gemeinhin haben sie korinthische Säulen zu beiden Seiten der Haustür und – so die verbreitete Vermutung – einen Swimmingpool im Garten. Die Botschaft hingegen ist nicht besonders prächtig. Sie ist lediglich eine Nordlondoner Vorortvilla mit vier, fünf Zimmern, irgendwann in den Dreißigern erbaut und von einer etwa zweieinhalb Meter hohen Backsteinmauer umgeben. Und hinter der Mauer steigt ein Federball empor und fliegt immer hin und her. In der Botschaft von Kambodscha wird Badminton gespielt. *Plong, zack. Plong, zack.*

Dass die Botschaft überhaupt eine Botschaft ist, darauf verweist im Grunde nur das kleine Messingschild an der Tür (auf dem BOTSCHAFT VON

KAMBODSCHA steht) und die kambodschanische Nationalflagge (jedenfalls gehen wir davon aus, dass sie das ist – was sollte sie sonst sein?), die auf dem roten Ziegeldach flattert. Manche sagen: »Aber da ist doch diese hohe Mauer, allein das zeigt ja schon, dass es keine Privatresidenz sein kann wie die anderen Häuser in der Straße, sondern eine Botschaft.« Es ist albern von diesen Leuten, so etwas zu sagen. Viele Privathäuser haben auch hohe Mauern, mindestens so hoch wie die der Botschaft von Kambodscha – es sind aber trotzdem keine Botschaften.

0–2

Am 6. August ging Fatou zum ersten Mal an der Botschaft vorbei, auf dem Weg zum Schwimmbad. Das Becken dort ist groß, wenn auch nicht von olympischen Ausmaßen. Um zwei Kilometer zurückzulegen, muss man zweiundachtzig Bahnen schwimmen, was in seiner Eintönigkeit oft nicht nur eine körperliche, sondern auch eine mentale Übung ist. Die Wassertemperatur ist ungewöhnlich hoch, wie es dem Großteil der Gäste zusagt, die das Wellnesscenter weniger zum Schwimmen aufsuchen, als um am Beckenrand zu liegen oder in der Sauna zu entspannen. Fatou ist bereits fünf-, sechsmal hier geschwommen und senkt den Altersdurchschnitt im Becken oft um mehrere Jahrzehnte. Das Publikum ist im Allgemeinen weiß, manchmal auch südasiatisch oder aus dem Nahen Osten, hin und wieder begegnet Fatou aber auch anderen Afrikanern im Wasser. Wenn sie diese großen Männer sieht, wie sie hektisch paddeln wie die kleinen Kinder und schon Mühe haben, nicht unterzugehen, dann ist sie stolz auf ihre eigenen Fähigkeiten, weil sie sich das Schwimmen selbst beigebracht hat, vor etlichen Jahren, im Carib Beach Resort in Accra. Natürlich nicht im Hotelpool – Angestellte durften nicht in den Pool. Nein, sie hat es gelernt, indem sie sich durch das raue graue Meer gekämpft hat, jenseits der Mauern rund um das Resort. Auf und ab, auf und ab in der verschmutzten Gischt. Kein Tourist setzte je einen Fuß an den Strand (der voller Müll lag), geschweige denn in das kalte, heimtückische Meer. Und auch keins von den anderen Zimmermädchen. Nur ein paar leichtsinnige halbwüchsige Jungs, spät am Abend, und Fatou, früh am Morgen. Es ist praktisch ein Unding, das Schwimmen am Carib Beach mit dem Schwimmen hier im Wellnesscenter zu vergleichen, wo es so warm ist und ruhig wie in der Badewanne. Und wenn Fatou auf dem Weg zum Schwimmbad an der Botschaft von Kambodscha vorbeikommt, sieht sie über der hohen Mauer einen Federball, der zwischen zwei unsichtbaren Spielern hin- und hergeht. Der Federball beschreibt einen sanften weiten Bogen nach rechts und wird dann zurückgeschmettert, und so geschieht es wieder und wieder, jedes Mal schafft der erste Spieler es, den Schmetterball irgendwie zu erwischen und ihn wieder in einem sanften, fließenden Bogen zurückzuschicken. Hoch oben versucht die Sonne, sich durch den Wolkenhimmel

zu kämpfen, der grau ist und schwer von Wasser.
Plong, zack. Plong, zack.

0–3

Als die Botschaft von Kambodscha vor ein paar Jahren erstmals in unserer Mitte erschien, da sagten manche von uns: »Tja, wären wir Dichter, dann würden wir vielleicht eine Ode auf das überraschende Erscheinen dieser Botschaft verfassen.« (Normalerweise finden sich Botschaften nämlich im Stadtzentrum. Diese war die erste in einem Außenbezirk.) Aber wir sind im Grunde kein dichterisches Volk. Wir sind aus Willesden. Wir neigen zu prosaischem Denken. Ich wage beispielsweise zu bezweifeln, dass irgendwer unter uns, Mann oder Frau, beim ersten Weg vorbei an der Botschaft von Kambodscha nicht gleich »Völkermord« gedacht hat.

0–4

Plong, zack. Plong, zack. Diesen Sommer guckten wir alle Olympia und waren ganz vertraut mit dem Stöhnen und den vielen anderen menschlichen Lauten, die mit Anstrengung und dem Triumph des Willens einhergehen. Doch die Spieler im Garten der Botschaft von Kambodscha sind still. (Wir können nicht mit Sicherheit sagen, dass es sich um einen Garten handelt – die Mauer beschränkt unseren Blick. Es kann durchaus auch ein asphaltiertes Areal sein, das zum Badmintonspielen reserviert ist.) Dass dort überhaupt ein Badmintonspiel im Gange ist, darauf verweist im Grunde nur der fliegende Federball, der abwechselnd gelobbt und geschmettert, gelobbt und geschmettert wird, und das immer zu der Zeit, wenn Fatou vorbeikommt, um im Wellnesscenter schwimmen zu gehen (montagmorgens, um kurz nach zehn). Dazu muss man sagen, dass Fatous Arbeitgeber – und nicht Fatou – die wahren Mitglieder im Wellnesscenter sind; sie ahnen nicht, dass sie ihre Gastausweise zu diesem Zweck verwendet. (Mr und Mrs Derawal wohnen mit ihren drei Kindern – siebzehn, fünfzehn und zehn Jahre alt – in der Straße mit der Botschaft, aber da die Straße fast anderthalb Kilometer lang ist, befindet sich die Botschaft am einen Ende und die Familie Derawal am anderen.) Fatous Betrügerei ist nur möglich, weil Mr Derawal montags immer nach Eltham fährt, um seinem dortigen Minimarkt einen Besuch abzustatten, während Mrs Derawal in Kensal Rise hinter der Theke des zweiten Minimarkts der Familie steht. In der schmalen Schublade eines Pseudo-Louis-Seize-Garderobenschränkchens in der Diele des Familiensitzes der Derawals findet sich ein ganzer Vorrat an Gastausweisen. Außer Fatou weiß das anscheinend niemand.

Seit dem 6. August (dem Tag, an dem sie zum ersten Mal auf das Badmintonspiel aufmerksam wurde) bleibt Fatou immer ganz bewusst fünf oder zehn Minuten an der Bushaltestelle gegenüber der Botschaft stehen, bevor sie zum Schwimmen hineingeht, müßige Minuten, die sie sich kaum leisten kann (Mrs Derawal kommt um die Mittagszeit wieder nach Hause), auf die sie aber doch nicht verzichten will. So fesselnd ist der sonderbare Bannkreis der Botschaft. Im Allgemeinen bringt das Warten und Beobachten Fatou nichts, aber in ein paar Fällen hat sie gesehen, wie sich Leute der Botschaft näherten und wie ihnen das Tor aufgedrückt wurde. Junge Weiße mit Rucksäcken. Sie wirken oft gammelig und tragen Sandalen, trotz der kühlen Witterung. Bisher war keiner der Besucher als Kambodschaner erkennbar. Wahrscheinlich wollen die jungen Leute Visa beantragen. Ihnen wird aufgedrückt, dann verschwinden sie durch das Tor, und eigentlich müsste sich Fatou auf das Dach des Bushäuschens stellen, um zu sehen, wer sie hereinlässt. Mit Sicherheit sagen kann sie allerdings, dass die vereinzelten Ankömmlinge sich nicht auf das Badmintonspiel auswirken, das weiter seinem steten Muster folgt, erst zart, dann heftig, erst sanft und hoch, dann hart und flach.

0–5

Am 20. August, als die Olympioniken längst wieder in ihr jeweiliges Land zurückgekehrt waren, bemerkte Fatou im entlegensten Eck des Geländes einen Basketballkorb, dessen Netz aus weißer Synthetikschnur so weit über die Mauer ragte, dass man es sehen konnte. Aber es wurde nie Basketball gespielt – zumindest nicht, wenn Fatou vorbeikam. In der folgenden Woche stand der Korb näher an Fatous Seite der Mauer. (Es war wohl ein mobiler Korb, auf Rollen.) Fatou wartete eine Woche, zwei, doch kein Basketball-Match ersetzte das Badmintonspiel, das wie gewohnt weiterging.

0–6

Wenn ich sage, das Erscheinen der Botschaft von Kambodscha hätte uns überrascht, will ich damit überhaupt nicht andeuten, die Botschaft stünde in ihrer Eigentümlichkeit alleine da. Vielmehr befinden sich auf dieser ganzen langen, breiten Straße eine Anzahl sonderbarer Bauwerke, in deren Kontext sich die Botschaft von Kambodscha nicht besonders seltsam ausnimmt. Da ist das große Herrenhaus namens GARYLAND, an dem unter der Aufschrift GARYLAND noch etwas anderes auf Arabisch steht, und sowohl der englische als auch der arabische Text sind in die Säulen aus rosa-grünem Marmor eingelassen, die wie Buchstützen einen gewaltigen Zaun umrahmen, um einiges höher noch als die Mauer der Botschaft, eher für eine Festung geeignet. Theatralisch goldene Torflügel öffnen sich automatisch, um Fahrzeuge ein- und auszulassen. In der Auffahrt von GARYLAND parken praktisch immer fünf bis sieben Wagen.

Da ist das Haus mit dem riesigen rosa Elefanten vor der Tür, der allem Anschein nach aus Mosaiksteinchen besteht.

Da ist das katholische Nonnenkloster, vor dem ein einzelner roter Ford Focus parkt. Da ist das Sikh-Institut. Da ist das Haus im Pseudo-Tudor-Stil mit Swimmingpool, in das sich Mickey Rooney für eine Saison eingemietet hatte, als er im Sommer vor fünfzehn Jahren im West End auftrat. Gleich gegenüber liegt ein schäbiges Altersheim, auf dessen winzigen Balkonen man manchmal eine gequälte Seele sieht, die, kaum verhüllt von ihrem Bademantel, in die Wipfel der Kastanien hinaufblickt.

Sonderbare Bauwerke sind uns hier in Willesden und Brondesbury also beileibe nicht fremd. Trotzdem ist die Botschaft von Kambodscha eine Überraschung für uns. Und irgendwie ist diese Sorte Überraschung nicht ganz das Wahre.

0–7

In einer alten Ausgabe der *Metro*, die in der Küche der Familie Derawal auf dem Boden lag, las Fatou mit Interesse die Geschichte einer »Sklavin« aus dem Sudan, die im Haus eines reichen Mannes in London lebte. Fatou hatte sich schon häufig gefragt, ob sie nicht vielleicht selbst eine Sklavin sei, aber diese Geschichte, so kurz sie auch sein mochte, bestätigte sie darin, dass dem nicht so war. Schließlich war sie mit ihrem Vater von der Elfenbeinküste nach Ghana gekommen und nicht mit einem Entführer, und als sie in Accra ankamen, hatten sie beide im selben Hotel Arbeit gefunden. Zwei Jahre später, als sie achtzehn war, hatte wieder ihr Vater die komplizierte Reise nach Libyen und von dort aus weiter nach Italien für sie organisiert – ein erhebliches finanzielles Opfer für ihn. Außerdem konnte Fatou Englisch lesen und sprach sogar ein bisschen Italienisch, und die Frau aus der Zeitung konnte nichts lesen oder sprechen, bis auf ihre Stammessprache. Und Fatou wurde auch nicht verprügelt, obwohl Mrs Derawal sie schon zweimal geohrfeigt hatte und die beiden älteren Kinder sie ohne jeden Respekt behandelten und sich nie bedankten. (Manchmal bekam sie mit, wie sie ihren Namen benutzten, um sich gegenseitig zu beschimpfen: »Du bist ja so schwarz wie Fatou.« Oder: »Du bist ja so doof wie Fatou.«) Andererseits hatte auch sie, so wie die Frau aus der Zeitung, seit ihrer Ankunft bei der Familie Derawal ihren Pass nicht mehr zu Gesicht bekommen, und die Derawals hatten ihr gleich zu Anfang erklärt, sie würden ihren Lohn einbehalten, um die Kosten für Lebensmittel, Wasser und Heizung abzudecken, die sie während ihres Aufenthalts verbrauchte, sowie die Miete für das Zimmer, in dem sie schlief. Nach abschließender Analyse allerdings war Fatou dennoch nicht ans Haus gefesselt. Sie besaß eine Oyster Card, die ihr von den Derawals ausgehändigt worden war, man ließ sie die Einkäufe und andere Besorgungen erledigen, wofür sie Bargeld bekam und hinterher die Quittungen und das Wechselgeld vorlegen musste. Abends ging sie nur deshalb nicht aus, weil ihr das Geld zum Ausgehen fehlte und weil sie in London auch nur sehr wenige Leute kannte. Die Frau aus der Zeitung hingegen durfte das Grundstück ihres Arbeitgebers nicht verlassen, niemals – sie war seine Gefangene.

Am Sonntagmorgen beispielsweise verließ Fatou immer das Haus, um sich an der Bushaltestelle der Linie 98 mit Andrew Okonkwo zu treffen, ihrem

Freund aus der Kirche, und mit ihm zur Heiligen-Herz-Jesu-Kirche, unweit der Kilburn High Road, zum Gottesdienst zu gehen. Hinterher lud Andrew sie noch in ein tunesisches Café zu Kaffee und Kuchen ein, und weil er als Nachtwächter im Bankenviertel arbeitete, bezahlte er jedes Mal. Und montags ging Fatou schwimmen. In sehr warmem Wasser und dankbar für das Halbdunkel, mit dem das Wellnesscenter seine Kundschaft aus irgendeinem Grund umgab, als wäre man im Nachtklub oder in der Mitternachtsmette. Die Dunkelheit half zu verschleiern, dass ihre Badekleidung eigentlich nur aus einem festen schwarzen BH und einem schlichten schwarzen Baumwollhöschen bestand. Nein, alles in allem hielt sie sich nicht für eine Sklavin.

0–8

Die Frau, die die Botschaft von Kambodscha verließ, sah weder sonderlich nach »neuem« noch nach »altem Menschen« aus, war weder klar der Stadt zuzuordnen noch dem Land – und natürlich ist es auch lange her, dass diese Unterteilung in Kambodscha etwas bedeutete. Auch für Fatou hatten die Begriffe keine Bedeutung, es machte sie einfach nur neugierig, die erste potenzielle Kambodschanerin im Umkreis der Botschaft von Kambodscha zu erblicken. Vor allem interessierte sie die Kleidung der Frau, die akkurat und zweckmäßig wirkte: ein graues Hemd, fest in die hellbraune Hose gesteckt, ein blauer Regenmantel, ein schlaffer Regenhut – ganz so, als wäre sie ein Mann oder von einem Mann nicht zu unterscheiden. Ihr glattes schwarzes Haar war kurz geschnitten. In den Händen hielt sie zahllose Tüten von Sainsbury's, das fand Fatou ein wenig rätselhaft: Wo wollte sie mit all den Einkäufen hin? Es überraschte sie auch, dass die Frau aus der Botschaft von Kambodscha beim selben Sainsbury's in Willesden einkaufen ging, in dem Fatou für die Familie Derawal einkaufte. In ihrer Vorstellung hatten die Orientalen ihre eigenen, geheimen Geschäfte. (Dasselbe glaubte sie auch von den Juden.) Sie bewunderte diese Eigenständigkeit, misstraute ihr auch ein wenig, stellte aber nicht infrage, dass dies das Geheimnis hinter der großen Macht eines Volkes war. Als beispielsweise die Chinesen in Fatous Heimatdorf kamen, um das Bergwerk zu übernehmen, stand das ganze Dorf beständig vor dem Rätsel: Was essen sie bloß, und wo essen sie es? Sie kauften ihr Essen jedenfalls nicht auf dem Markt oder bei den libanesischen Händlern an der Hauptstraße. Sie trafen ihre eigenen Vorkehrungen. (Ob nun in der Heimat oder hier, der Schlüssel, als Volk zu überleben, lag nach Fatous Ansicht darin, eigene Vorkehrungen zu treffen.)

Aber als sie sich die Tüten, die die Kambodschanerin dabeihatte, noch einmal genauer ansah, fragte sich Fatou, ob es nicht womöglich sehr alte Tüten waren – sahen die inzwischen nicht anders aus? Je länger sie sie betrachtete, desto sicherer war sie, dass sie keine Lebensmittel enthielten, sondern Kleidung oder etwas ganz anderes, die Tüten wirkten alle ein bisschen zu rund und prall. Vielleicht brachte sie einfach nur den Müll weg. Fatou blieb an der Bushaltestelle stehen und sah der Kambodschanerin nach, bis sie an der Ecke die Straße überquerte und nach links auf die Hauptstraße abbog.

Unterdessen wurde in der Botschaft weiter Badminton gespielt, wenn auch nun mit etwas mehr Mühe aufgrund launischer Windstöße. Einmal schien es Fatou, als müsste der nächste leichte Schlag nach Süden abgetrieben werden, der Federball über die Mauer schweben und zart in ihren Händen landen. Stattdessen aber erwischte der andere Spieler (Fatou war schon vor langer Zeit zu dem Schluss gekommen, dass beide Spieler Männer sein mussten) in seiner brutalen Verlässlichkeit den Federball, der gerade abzudriften begann, und spielte ihn zu seinem Gegner zurück – ein weiterer tödlicher, steil abfallender Schmetterball.

0–9

Mit Sicherheit gibt es solche, die Fatous Interesse an der Kambodschanerin aus der Botschaft von Kambodscha wegen seines engen, im Grunde ganz lokalen Blickwinkels kritisieren, doch wir, das Volk von Willesden, können ihre Haltung gut nachempfinden. Tatsache ist doch, wenn wir die Geschicke jedes einzelnen kleinen Landes auf dieser Welt mitverfolgen würden – in den dramatischen wie den ruhigen Zeiten –, bliebe uns gar kein Raum mehr, unser eigenes Leben zu leben und uns den täglichen Pflichten zu widmen, ganz zu schweigen von gelegentlichen Vergnügungen wie Schwimmengehen. Es spricht einiges dafür, einen Kreis um unsere Aufmerksamkeit zu ziehen und uns innerhalb dieses Kreises zu bewegen. Aber wie groß sollte so ein Kreis sein?

0–10

Am Sonntag, nachdem Fatou die Kambodschanerin gesehen hatte, beschloss sie, Andrew eine ähnliche Frage zu stellen, während sie in dem tunesischen Café saßen und dort zwei längliche Kuchenstücke verzehrten, gefüllt mit Sahne und Vanillecreme und einem Streifen Schokoladenglasur obendrauf. Gezielt lenkte sie das Gespräch auf den Holocaust, denn Andrew war für sie der einzige Mensch in ganz London, mit dem sie solche tiefsinnigen Gespräche führen konnte, weil er geduldig war und ihr wohlwollte, aber auch, weil er gebildet war und gerade ein Teilzeit-Wirtschaftsstudium am College of North West London absolvierte. Sein Studentenausweis verschaffte ihm freien Internetzugang rund um die Uhr.

»Aber in Ruanda sind viel mehr Menschen umgekommen«, argumentierte Fatou. »Und davon spricht keiner! Keiner!«

»Ja, ich glaube, das stimmt«, bestätigte Andrew und versenkte den ersten von vier Würfelzuckern in seinem Kaffee. »Ich muss noch einmal nachsehen. Aber ja, viele, viele Millionen. Die wahren Zahlen werden geheim gehalten, aber online findet man sie. Immer wird so viel geheim gehalten – es ist jedes Mal das Gleiche. So wie diese Bürokraten in der nigerianischen Regierung – das sind die allergrößten Zahlenzauberer, sie verschleiern Zahlen, ändern sie nach Bedarf. Ich habe mein eigenes Wort dafür: ›Zahlendämonen‹. Nicht ›Zahlenzauberer‹, sondern ›Zahlendämonen‹.«

»Ja, aber worauf ich eigentlich hinauswill«, beharrte Fatou, weil sie fürchtete, das Gespräch könnte sich, wie so oft, wieder der finanziellen Korruption in der nigerianischen Regierung zuwenden. »Sind wir zum Leiden geboren? Manchmal glaube ich, wir sind dazu geboren, mehr zu leiden als alle anderen.«

Andrew schob seine Oberlehrerbrille zurecht. »Aber du vergisst dabei das Allerwichtigste, Fatou. Wer hat am meisten um Jesus geweint? Seine Mutter. Und wer weint am meisten um dich? Dein Vater. Wenn man es aufs Wesentliche reduziert, ist das alles ganz logisch. Die Juden weinen um die Juden. Die Russen weinen um die Russen. Und wir weinen um Afrika, weil wir Afrikaner sind, und selbst da, tut mir wirklich leid, Fatou …« Andrews rundliches Gesicht verzog sich zu einem Lächeln, »… wenn Nigeria gegen die Elfenbeinküste spielt und wir euch in Grund und Boden stampfen, Mann, dann lach ich! Das sag ich dir ganz ehrlich. Ich feiere! Macht sie platt!«

Er vollführte ein Tänzchen mit dem Oberkörper, und Fatou versuchte zum wiederholten Mal, sich vorzustellen, wie er wohl als Ehemann wäre, aber sie sah immer nur sich selbst als die Ehefrau und Andrew als ihren halbwüchsigen Sohn, gescheit und hilfsbereit natürlich, aber trotzdem nur ein Sohn – dabei war er in Wirklichkeit drei Jahre älter als sie. Es war bestimmt nicht richtig, seinen Babyspeck und den spärlichen Schnurrbart so abstoßend zu finden. Das war doch ein guter Mann! Sie wusste, dass er sie gernhatte, dass er sich sauber hielt und sein Leben Jesus verschrieben hatte. Und doch, ein Teil von ihr, ein unfrommer Teil, rebellierte gegen ihn.

»Hör schon auf«, sagte sie, bemüht, dabei eher schelmisch als entrüstet zu klingen, und war erleichtert, als er mit der Zappelei aufhörte und, plötzlich todernst, beide Hände auf den Tisch legte.

»Glaub mir, Fatou, das ist schlicht und einfach ein Naturgesetz. Nur Gott weint um uns alle, weil wir alle seine Kinder sind. Es ist absolut logisch. Du musst dir nur kurz Zeit nehmen, darüber nachzudenken.«

Fatou seufzte und löffelte sich etwas Kaffeeschaum in den Mund. »Ich finde trotzdem noch, dass unser Schmerz größer ist. Ich habe es doch selbst erlebt. Die Chinesen mussten niemals Sklaven sein. Denen bleibt immer das Schlimmste erspart.«

Andrew nahm die Brille ab und rubbelte sie mit dem Hemdzipfel sauber. Fatou wusste, er bereitete sich darauf vor, sie an seiner Weisheit teilhaben zu lassen.

»Fatou, bitte denk doch mal einen Augenblick nach: Was ist mit Hiroshima?«

Das Wort hatte Fatou schon einmal gehört, aber manchmal brachte Andrew sie mit seinem überlegenen Wissen aus dem Konzept. Dann fiel es ihr sogar schwer, sich an Dinge zu erinnern, die sie eigentlich längst wusste.

»Die große Welle …«, fing sie unsicher an – es war die falsche Antwort. Er lachte aus vollem Hals und sah sie kopfschüttelnd an.

»Nee, Mann! Die große Bombe. Die größte Bombe der Welt, hergestellt natürlich von den Amerikanern. Die haben fünf Millionen Menschen damit umgebracht, in einer einzigen Sekunde. Kannst du dir das vorstellen? Glaubst du wirklich, nur weil man solche Augen hat …« Er zog die Haut an den Schläfen nach hinten, »… kann einem nichts passieren? Irrtum. Selbst wenn die Bombe dich nicht gleich erwischt hat, fraß sie dir eine Woche später noch die Haut von den Knochen.«

Fatou merkte, dass sie die Geschichte, oder zumindest eine ähnliche, schon kannte. Allerdings löste sie die gleiche dumpfe Gereiztheit in ihr aus, die sie immer empfand, wenn sie Geschichten über Leid aus ferner Vergangenheit hörte. Was konnte man gegen Leid aus ferner Vergangenheit schon unternehmen?

»Na gut«, sagte sie. »Mag ja sein, dass jedes Volk im Lauf der Geschichte schwere Zeiten durchmacht, aber ich behaupte trotzdem …«

»Hier kommt der Gegenbeweis.« Andrew streckte den Arm aus und fasste sie an der Schulter. »Ich will dich nur eins fragen, Fatou, ganz im Ernst, denk drüber nach. Entschuldige, dass ich dich unterbreche, aber ich habe wirklich viel darüber nachgedacht, und ich möchte dir das weitergeben, weil ich weiß, dass du die Dinge wirklich ernst nimmst, nicht so wie diese ganzen Leute …« Er deutete auf die diversen Kuchenesser an den umliegenden Tischen. »Du bist nicht so wie die anderen Mädchen, die ich kenne, die alle nur Klubs und Frisuren im Kopf haben. Du bist ein Mensch, der nachdenkt. Ich habe dir ja schon gesagt, du kannst mich alles fragen, was immer du wissen willst – ich gucke es nach, ich recherchiere. Ich habe die Möglichkeiten. Und dann bringe ich dir das Ergebnis.«

»Du bist ein wirklich guter Freund, Andrew. Das weiß ich doch.«

»Weißt du, wir sind uns gegenseitig gute Freunde. In dieser Welt braucht man Freunde. Aber jetzt hör dir meine Frage an, Fatou. Sie ist der Gegenbeweis zu dem, was du eben gesagt hast. Sag mir, warum sollte Gott gerade uns am meisten leiden lassen, wo wir doch mehr als alle anderen seinen Namen preisen? Afrika ist der Kontinent, auf dem sich das Christentum am schnellsten verbreitet! Denk darüber mal eine Minute nach! Das ergibt doch gar keinen Sinn!«

»Aber das ist ja auch nicht er«, sagte Fatou leise und schaute über Andrews Schulter hinweg in den Regen, der an die Scheiben trommelte. »Das ist der Teufel.«

0–11

Andrew und Fatou blieben in dem tunesischen Café sitzen und warteten, dass es aufhörte zu regnen, aber es hörte nicht auf, und um fünfzehn Uhr meinte Fatou, dann müsse sie wohl nass werden. Bis zur Overground-Haltestelle ging sie unter Andrews Schirm und ließ sich von ihm im Gehen an den klammen, streng riechenden Körper ziehen. An der Station Brondesbury musste Andrew die Bahn nehmen, und sie verabschiedeten sich. Er versuchte wiederholt, Fatou seinen Schirm aufzudrängen, aber sie wusste, wie lang der Weg von Acton Central bis zu seiner Einzimmerwohnung war, und lehnte es ab, dass er ihretwegen leiden sollte.

»Starke Frau. Will sich nicht beschützen lassen.«

»Regen macht mir keine Angst.«

Fatou zog die Badekappe aus der Tasche, die sie in der Umkleide des Wellness-Centers auf dem Boden gefunden hatte. Sie drehte ihre Zöpfchen zu einem Knoten und zog sich die Kappe über den Kopf.

»Das ist ja mal eine originelle Idee«, meinte Andrew lachend. »Die solltest du vermarkten! Damit kannst du deine erste Million machen!«

»Friede sei mit dir«, sagte Fatou und küsste ihn keusch auf die Wange.

Andrew tat es ihr gleich und ließ den Kuss ein wenig länger dauern als eigentlich nötig.

0–12

Als Fatou bei den Derawals ankam, waren die Haare das einzig Trockene an ihr, aber anstatt sich gleich umzuziehen, stürzte sie als Erstes in die Küche, um das Lamm aus dem Gefrierschrank zu nehmen, was im Grunde sinnlos war – es blieben nicht mehr genug Stunden bis zum Abendessen –, und dann nach oben, um die Schmutzwäsche aus den identischen Weidenkörben in den vier Zimmern zu klauben. Im Elternschlafzimmer war niemand, auch in Faizuls oder Julies Zimmer nicht. Unten lärmte der Fernseher. Weil sie aus Asmas Zimmer nichts hörte, nahm Fatou an, dass auch dort keiner war, und ging direkt zum Wäschekorb in der Ecke. Als sie den Deckel hob, schlug ihr eine Hand fest auf den Rücken. Sie drehte sich um.

Vor ihr stand Asma, die Jüngste, den Mund weit aufgerissen, wie eine Forelle. Bevor Fatou noch begriff, schlug Asma ihr den großen Wäscheberg aus den Armen. Fatou bückte sich, um die Wäsche aufzusammeln. Während sie noch auf dem Boden hockte, traf sie ein weiterer Schlag, ein Tritt gegen den Arm. Sie ließ die Kleider, wo sie waren, und sprang auf, erschrocken über den eigenen Zorn. Doch als sie jetzt wieder zu Asma schaute, sah sie, wie das Mädchen hektisch auf seine Kehle deutete, dann die Hände wie zum Gebet zusammenlegte und sich wieder an die Kehle fasste. Die Augen traten ihr aus den Höhlen. Plötzlich kippte sie zur Seite, warf sich über die Stuhllehne. Als sie wieder zu Fatou schaute, war sie grau im Gesicht, und da endlich begriff Fatou, rannte zu ihr, fasste sie um die Taille und drückte aufwärts, wie man es ihr im Hotel beigebracht hatte. Eine Murmel – darin ein schimmerndes blaues Band, wie eine Welle – schoss aus dem Mund des Kindes und landete feucht auf dem plüschigen Teppich.

Asma weinte und schnappte hektisch nach Luft. Fatou nahm sie in den Arm und überlegte sorgenvoll, wann sie jetzt noch die Wäsche machen sollte. Gemeinsam gingen sie nach unten in den Wohnraum, wo der Rest der Familie vor dem an der Wand aufgehängten Flachbildfernseher saß und *Das Supertalent* schaute. Angesichts der haltlos heulenden Asma sprangen alle auf. Mr Derawal hielt die Sky-Box an. Fatou berichtete von der Murmel.

»Wie oft habe ich dir schon gesagt, du sollst nicht immer alles in den Mund stecken?«, fragte Mr Derawal, und Mrs Derawal murmelte etwas in ihrer Sprache – Fatou hörte den Namen ihres Gottes –, zog Asma zu sich aufs Sofa und strich ihrer Tochter über das seidige, schwarze Haar.

»Ich hab voll keine Luft mehr gekriegt! Ich hab niemanden rufen können«, heulte Asma. »Ich wär fast gestorben!«

»Was steckst du dir auch Murmeln in den Mund, du Hirni?«, sagte Faizul und stellte die Sky-Box wieder an. »Was für'n Spast steckt sich Murmeln in den Mund? Hirni. Hast dir bestimmt fast in die Hosen gemacht.«

»Ey, sie hat dir das Leben gerettet«, sagte Julie, die Älteste, die Fatou im Allgemeinen am wenigsten mochte. »Fatou hat dir das Leben gerettet. Voll der Hammer.«

»Ich hätt ja einfach den hier gemacht.« Faizul unterzog seinen mageren Körper einem ausnehmend theatralischen Heimlichgriff. »Und wenn das nichts genützt hätte, dann hätt ich mir so voll karatemäßig draufgehauen, bammbammbammbamm …«

»Faizul!«, brüllte Mr Derawal, dann wandte er sich hölzern an Fatou, sprach aber nicht direkt zu ihr, sondern vielmehr zu einem Punkt irgendwo zwischen ihrem Ellbogen und dem sonnenförmigen Spiegel hinter ihr. »Vielen Dank, Fatou. Ein Glück, dass du da warst.«

Fatou nickte und wandte sich zum Gehen, aber an der Tür zum Wohnraum fragte Mrs Derawal sie noch, ob das Lamm aufgetaut sei, und Fatou musste gestehen, dass sie es gerade erst herausgenommen hatte. Mrs Derawal fauchte etwas in ihrer Sprache. Fatou wartete, ob noch mehr kommen würde, aber Mr Derawal lächelte sie nur unbehaglich an und nickte zum Zeichen, dass sie gehen könne. Fatou ging nach oben, um die Wäsche einzusammeln.

0–13

»Dich zu behalten ist kein Gewinn, dich zu vernichten kein Verlust«, so lautete ein Wahlspruch der Roten Khmer. Er bezog sich auf die »neuen Menschen«, die Stadtbewohner, die sich nicht dazu bewegen ließen, das Stadtleben aufzugeben und als Bauern zu arbeiten. Indem das Regime alle zurück aufs Land schickte, wollte es eine Gesellschaft formen, die nur aus »alten Menschen« bestand – mit anderen Worten: aus Landarbeitern und Bauern. Wenn ein »neuer Mensch« aus der Stadt aufs Land verpflanzt wurde, war es lebenswichtig, bei der Arbeit auf dem Feld keine Schwäche zu zeigen. Verweichlichung wurde mit dem Tod bestraft.

Wir in Willesden sind praktisch alle »neue Menschen«, auch wenn manche von uns, so wie Fatou, bis vor Kurzem noch »alte Menschen« waren und in unseren diversen Ursprungsländern den Boden beackerten. Von den alten und neuen Menschen von Willesden will ich künden; ich wurde auserwählt, für sie zu sprechen, auch wenn sie mich nicht selbst auserwählt haben und sich bestimmt fragen, woher ich das Recht dazu nehme. Darauf könnte ich erwidern: »Weil ich an der Kreuzung zwischen Willesden, Kilburn und Queen's Park geboren bin!« Aber die Antwort darauf wäre ebenso prompt wie vernichtend: »Ach, sei doch nicht albern, da sind viele geboren, das hat überhaupt nichts zu sagen. Wir sind kein geeintes Volk, keiner kann für uns sprechen. Das ist doch alles blanker Unsinn. Wir sehen dich ständig auf deinem Balkon, mit Blick auf die Botschaft von Kambodscha, wie du in deinem Bademantel zu den Kastanien hinaufblickst und blöd in die Gegend glotzt. Du redest doch nur so daher, weil du nichts Besseres zu tun hast.«

0–14

Am Montag ging Fatou schwimmen. Sie blieb stehen, um dem Badmintonspiel zuzusehen. Sie dachte sich, dass der Arm, der die Schmetterbälle schlug, wohl eine ähnliche Bewegung machen musste wie sie im Schwimmbad, wo sie unbeholfen und doch effektiv kraulte. Sie betrat das Wellnesscenter und reichte der Frau am Empfang einen Gastausweis. In der schwach beleuchteten Umkleide zog sie die feste schwarze Unterwäsche an. Beim Schwimmen dachte sie an das Carib Beach Resort. An ihren Vater, der den Gästen auf der Terrasse Snapper servierte, mit immer leicht schief sitzender Fliege, an die hässlichen Touristen, die ganze Atmosphäre dort. Es war natürlich kein bisschen erstaunlich, alte weiße Männer aus Deutschland mit hübschen einheimischen Mädchen auf dem Schoß zu sehen, aber sie würde nie die beiden alten weißen Frauen – dank der Sonne eher rote Frauen – aus England vergessen, jede so dick wie zwei Frauen zusammen, und Kweku und Osai, wie sie neben ihnen lagen, die mageren schwarzen Vogelärmchen um die gewaltigen roten Schultern der Frauen geschlungen, wie sie im »Ballsaal« des Hotels mit ihnen tanzten, auf die Namen Michael und David hörten und des Nachts in den Bungalows der Frauen verschwanden. Fatou kannte die richtigen Freundinnen der beiden Jungs: Es waren Zimmermädchen, wie sie. Manchmal putzten sie die Zimmer, in denen Kweku und Osai die Nacht mit den Engländerinnen verbracht hatten. Und auch die Mädchen hatten »Freunde« unter den Gästen. Es war kein frommer Ort, dieses Hotel. Der Pool hatte die Form einer Kidneybohne: Kein Mensch hätte ernsthaft darin schwimmen können, und es machte auch niemand Anstalten dazu. Meist standen sie nur im Wasser herum und tranken Cocktails. Manchmal ließen sie sich sogar die Burger an den Pool bringen. Fatou konnte es nicht leiden, ihren Vater dort kauern zu sehen, um einem Mann, der bis zur Taille im Wasser stand, seinen Burger zu reichen.

Im Carib Beach trug sich nichts Gutes zu, bis auf eines: Einmal im Monat, immer sonntags, hielt ein Bus vor dem Eingangstor, ein Strom von Gläubigen aus der örtlichen Kirche ergoss sich daraus und bezog voll bekleidet im Hof Position für eine Massentaufe im Pool. Die Touristen wurden grundsätzlich nie vorgewarnt, und Fatou hatte keine Ahnung, woher die Gläubigen die Erlaubnis hatten. Aber sie liebte den Anblick der weißen Hemden, die sich auf der Wasseroberfläche ausbreiteten und blähten, liebte das Weinen und das Singen. Obwohl sie damals noch nicht zu dieser Kirche gehörte und auch zu keiner anderen, bis auf die in ihrem Herzen, hatte sie doch immer das Gefühl, als könnte auch sie an dieser Taufe teilhaben, als würde sie dadurch geschützt, als wäre dies gewissermaßen der Grund, dass Fatou nicht zu den »Mädchen« vom Carib Beach Resort gehörte. Fast zwei Jahre lang konnte sie – dank der Bemühungen ihres Vaters und der Gnade eines unsichtbaren und unerkannten Gottes – ihre Arbeit tun und sonntags im Morgengrauen schwimmen gehen, ohne dass ihr etwas zustieß. Aber der Teufel wartete schon.

Sie hatte nur noch einen Monat in Accra vor sich, als sie eines Morgens in ein Zimmer ging, um dort sauber zu machen, und hörte, wie die Tür leise hinter ihr geschlossen wurde, bevor sie wieder nach der Klinke greifen konnte. Diesmal kam er in Gestalt eines Russen. Hinterher weinte er und flehte sie an, keinem davon zu erzählen: Seine Frau war unterwegs, um Cape Coast Castle zu besichtigen, und sie wollten am nächsten Morgen abreisen. Fatou hörte sich sein Geflenne an, und ihr wurde klar, dass er glaubte, das Hotel würde ihn für seine Tat bestrafen oder die Polizei benachrichtigen. Da begriff sie, dass der Teufel nicht nur böse war, sondern auch dumm. Sie spuckte ihm ins Gesicht und ging. Beim Gedanken an den Teufel wurden ihre Schwimmzüge schneller und zorniger, und eine Zeit lang überflügelte sie spielend den jungen Weißen in der Bahn nebenan, die für die Sportschwimmer reserviert war.

0–15

»Überlass deinen Zorn nicht dem Teufel, er ernährt sich davon«, hatte Andrew zu ihr gesagt, als sie sich vor einem Jahr zum ersten Mal begegnet waren. Er hatte ihr ein Flugblatt überreicht, während sie auf einer Bank im Kilburn Park saß und ihr Sandwich aß. »So leicht darfst du es ihm nicht machen.« Unaufgefordert setzte er sich auf den Platz neben ihr und ging den Text seines Flugblatts mit ihr durch. Es war aufgemacht wie eine Zeitungsseite, und Andrew fing mit der Schlagzeile an: »WOZU GIBT ES SCHMERZ?« Sie mochte ihn. Sie nahmen ein theologisches Zwiegespräch auf. Das setzte sich im tunesischen Café fort und ging über mehrere Monate hinweg jeden Sonntag weiter. Vieles von dem, was er sagte, hatte sie bereits von anderen Leuten gehört, denen es nicht gelungen war, ihre Einstellung zu ändern. Am Ende jedoch gab etwas den Ausschlag, was er ihr sagte. Er sagte es, nachdem sie ihm folgende Geschichte erzählt hatte:

»Eines Tages, im Hotel, hörte ich Lärm am Strand. Es war früh am Morgen. Ich ging nach draußen und sah, dass neun Kinder tot an den Strand gespült worden waren. Es waren Jungen und Mädchen, zehn, elf Jahre alt. Sie waren ins Wasser gegangen, dabei konnten sie gar nicht schwimmen. Ein paar Leute weinten, vielleicht zwei. Die anderen schüttelten nur den Kopf und setzten ihren Weg fort. Nach einer Ewigkeit kam die Polizei. Die Leichen wurden weggebracht. Und die Leute sagten: ›Jetzt sind sie ja bei Gott.‹ Alle machten einfach weiter wie bisher. Ich machte mich wieder an meine Arbeit. Im Jahr darauf war ich in Rom. Da sah ich, wie ein Junge von vielleicht fünfzehn Jahren auf dem Fahrrad angefahren wurde. Er war sofort tot. Und die Leute auf der Straße schrien und weinten. Alle haben sie geweint. Es waren nicht einmal seine Verwandten. Es waren nur Fremde. Am nächsten Tag stand es sogar in der Zeitung.«

Und Andrew erwiderte: »Wenn man den Hahn zum ersten Mal aufdreht, läuft das Wasser am schnellsten.«

0–16

Noch zwanzig Bahnen. Fatou versuchte sich zu erinnern, wann sie das letzte Mal geweint hatte. Das war auch in Rom gewesen, aber nicht wegen des Jungen auf dem Fahrrad. Sie putzte die Toiletten in einer katholischen Mädchenschule. Damals kannte sie Jesus noch nicht, es spielte also keine Rolle, was es für eine Schule war – sie wusste nur, dass sie Toiletten putzte. Mittags hatte sie eine Viertelstunde Pause. Dann ging sie in den kleinen ummauerten Park auf der anderen Straßenseite, um eine Zigarette zu rauchen. Eines Tages, als sie auf einer Bank neben dem Brunnen saß, entdeckte sie etwas Seltsames im Gebüsch. Eine Büchse mit grüner Farbe. Eine Dose mit Goldspray. Ein Freiheitsstatuen-Kostüm. Einen Ausweis auf den Namen Rajib Devanga. Einen einzelnen Schuh. Ein leeres Portemonnaie. Einen Plastikbehälter mit einem Schlitz oben, der für Euromünzen und -scheine gedacht war – leer. Und auf dem Behälter ein kleiner Fleck, der aussah wie Blut. Bis dahin hatte sie die jungen Bengalen an der Via Nazionale immer beneidet. Sie fand, sie könnte sich doch auch grün anmalen und eine Stunde lang still stehen. Aber als sie versuchte, Näheres herauszubekommen, wollten die Bengalen nicht mit ihr reden. Es war ein geschlossenes Gewerbe, nur für Männer mit brauner Haut. Fatous Platz war in den Toilettenräumen. Sie hatte immer geglaubt, diese Männer hätten es leicht. Dann sah sie das traurige Häuflein Habseligkeiten im Gebüsch und weinte: Sie wusste gar nicht recht, ob um Rajib oder um sich selbst.

Für die letzten zwei Bahnen drehte sie sich auf den Rücken, entspannte die Arme und zog die Beine an wie ein Frosch. Das Wasser ließ sie immer an noch mehr Wasser denken. »Wenn du durch die Taufe in unsere Kirche eingehst, bist du von allen Sünden reingewaschen, du kannst ganz von vorne anfangen«: Das hatte Andrew ihr versprochen. Sie hatte ihm nie erzählt, worin die Sünde genau bestand, wusste aber, dass er wusste, dass sie keine Jungfrau mehr war. An dem Tag, als sie schließlich katholisch wurde, dem 6. Februar 2011, hatte Andrew sie, mit noch nassen Haaren, in das tunesische Café geführt und sie gefragt, wie es sei.

Sie war voller Freude! Sie sagte: »Ich fühle mich wie ein neuer Mensch!«

Aber so viel Glück lässt sich schwer festhalten. Am nächsten Tag, bei der Arbeit, als sie Julies schmutzige Unterwäsche vom Boden auflas, direkt neben dem Weidenkorb, musste sie sich immer wieder ihre neue Beziehung zu Jesus in Erinnerung rufen, die alles veränderte. Sie veränderte doch alles? Am nächsten Sonntag äußerte sie ein paar dieser Zweifel vorsichtig Andrew gegenüber.

»Aber hast du denn geglaubt, du würdest nie wieder traurig sein? Nie wieder wütend oder erschöpft oder einfach nur scheißsauer – entschuldige den Ausdruck. Komm schon, Fatou! Wach auf, Mann!«

Aber war es denn falsch, auf Glück zu hoffen?

0–17

In solche wässrigen Gedanken versunken, kam Fatou etwas später nach Hause als sonst und war nur wenige Minuten vor Mrs Derawal durch die Tür.

»Wie geht es Asma?«, fragte Fatou. Sie hatte das kleine Mädchen in der Nacht weinen hören.

»Du liebe Zeit, es war doch nur eine kleine Murmel«, sagte Mrs Derawal, und Fatou begriff, dass sie es sich nicht einbildete: Seit Sonntagabend konnte ihr keiner der erwachsenen Derawals mehr in die Augen sehen. »Warum machen alle einen solchen Aufstand darum? Ich habe dir eine Einkaufsliste gemacht – sie liegt auf dem Tisch.«

0–18

Fatou beobachtete, wie Andrew sich seinen Weg zwischen den Tischen des tunesischen Cafés hindurchbahnte, in der Hand ein Tablett mit zwei Tassen Mokka und Croissants. Er stieß einen Mann mit dem Hinterteil am Ellbogen, hängte einem anderen den Gürtel seines albernen, langen Ledermantels ins Essen, entschuldigte sich in einem fort. Man konnte ihm wirklich nicht viel Eleganz bescheinigen. Aber er war großzügig, er war rücksichtsvoll. Sie stand auf, um ein absturzgefährdetes Croissant auf den Teller zurückzuschieben. Dann setzten sie sich beide gleichzeitig hin und lächelten einander an.

»Du hattest mich doch vor einiger Zeit wegen Kambodscha gefragt«, sagte Andrew. »Das ist ein hochinteressanter Fall.« Er tippte sich an den Brillenbügel. »Wenn man zum Beispiel so was hier hatte? Dann brachten sie einen einfach um. Eine Brille bedeutete, dass man zu viel nachdachte. Sie hatten höchst primitive Vorstellungen. Logik und Fortschritt betrachteten sie als Feinde. Sie wollten, dass alle aufs Land zurückkehren und wie einfache Menschen leben.«

»Manchmal stimmt es ja auch, dass die Dinge auf dem Land leichter sind.«

»In mancher Hinsicht vielleicht. Damit kenne ich mich nicht aus. Ich habe nie auf dem Land gelebt.«

Damit kenne ich mich nicht aus. Es tat gut, ihn das sagen zu hören! Es war ein gutes Zeichen. Sie grinste ihn schelmisch an. »Auf dem Land sündigen die Leute nicht so viel«, sagte sie, aber er schien gar nicht zu merken, dass sie mit ihm flirtete, und setzte zu einem weiteren Vortrag an.

»Das stimmt. Aber man kann die Menschen nicht zwingen, auf dem Land zu leben. So etwas nenne ich die Politik des ›großen Mannes‹. Ich habe den Begriff für meine Examensarbeit geprägt. In Nigeria kennen wir uns aus mit der Politik des ›großen Mannes‹. Die kommt von oben, und man wird einfach unterdrückt. Es gibt immer irgendwen, der den großen Mann markieren will, alles für sich beansprucht und allen anderen sagt, was sie denken und was sie tun sollen. Dabei ist in Wirklichkeit er der Schwache. Aber wenn die großen Männer erkennen, dass man erkennt, wie schwach sie eigentlich sind, dann haben sie keine andere Wahl, als einen zu vernichten. Das ist das wirklich Tragische.«

Fatou seufzte. »Ich habe noch nie einen Mann getroffen, der nicht allen anderen sagen wollte, was sie denken und was sie tun sollen«, sagte sie.

Andrew lachte. »Gilt das auch für mich, Fatou? Bist du jetzt etwa auch Feministin?«

Fatou führte ihre Tasse zum Mund und musterte Andrew durchdringend. Männer konnten gute und schlechte Schwächen haben, und sie war zu der Erkenntnis gelangt, dass der Schlüssel darin lag, zu wissen, mit welcher Sorte man es zu tun hatte.

»Andrew«, sagte sie und legte die Hand auf seine, »hast du Lust, mit mir schwimmen zu gehen?«

0–19

Weil Fatou der Meinung war, die Nachbarn der Familie Derawal hätten den Auftrag, sie zu bespitzeln, ließ sie sich am Montag nicht zu Hause von Andrew abholen, sondern verließ stattdessen wie immer um kurz vor zehn mit ein paar irreführenden Sainsbury's-Tüten das Haus und ging zum Wellnesscenter. Sie sah ihn schon von Weitem – die Straße war ja ganz gerade, und er war früh dran. Bibbernd stand er im Nieselregen. Er tat ihr leid, aber ein klein wenig stolz war sie auch: Schließlich hatte die Aussicht, ihren Körper zu sehen, diesen großen Mann aus dem Bett gelockt. Trotzdem wusste sie sehr genau, was für ein Opfer ihr Freund damit brachte, sie morgens an einem Werktag hier zu treffen. Er arbeitete die ganze Nacht und nutzte den Tag zum Schlafen. Sie sah, wie er ihr von dem vereinbarten Treffpunkt aus zuwinkte, gleich an der Ecke, direkt vor der Botschaft von Kambodscha. Nach einer Weile hörte er auf zu winken, weil sie noch so weit weg war, fing aber kurz darauf wieder zu winken an. Sie winkte zurück, und als sie schließlich bei ihm war, überraschten sie einander damit, dass sie sich an den Händen fassten. »Ich kann richtig gut Badminton spielen«, sagte Andrew, während sie an der Botschaft von Kambodscha vorbeigingen. »Du würdest um Gnade betteln! Nächstes Mal gehen wir nicht schwimmen, sondern lieber irgendwo Badminton spielen.« Nächstes Mal fahren wir nach Paris. Nächstes Mal fliegen wir auf den Mond. Er war ein Träumer. Aber, dachte Fatou, es gibt durchaus Schlimmeres, als ein Träumer zu sein.

0–20

»Also, Sie sind Gast, und das ist Ihr Gast?«, fragte die Frau am Eingang.

»Ich bin Gast, und das ist ein weiterer Gast«, antwortete Fatou.

»Na ja … so ist das aber eigentlich nicht gedacht.«

»Bitte«, sagte Fatou. »Wir sind extra von weit her gekommen.«

»Das freut mich zu hören«, sagte die Frau. »Aber wenn ich ganz ehrlich bin, darf ich Sie eigentlich nicht reinlassen.«

»Bitte«, sagte Fatou noch einmal. Andere Argumente fielen ihr nicht ein.

Die Frau nahm einen Kuli und zeichnete Fatous Gastausweis ab.

»Nur dieses eine Mal. Erzählen Sie bitte bloß keinem, dass ich das gemacht habe. Und nur dieses eine Mal! Ich muss Ihnen zwei Einzelbesuche dafür anrechnen.«

Und so gingen Andrew und Fatou nur dieses eine Mal zusammen zu den Umkleiden und trennten sich vor den Türen, die zu den Männern und den

Frauen führten. In ihrer Umkleide zog Fatou sich wie der Blitz um. Und doch, als sie nach draußen kam, war es ihm irgendwie gelungen, schon auf einem Liegestuhl auf sie zu warten, den Blick fest auf die Tür der Frauenumkleide geheftet.

»Das ist ein Leben, Mann!«, sagte er und verschränkte die Arme hinter dem Kopf.

»Gehst du nicht rein?«, fragte Fatou und versuchte, ganz beiläufig die Hände vor dem Unterleib zu verschränken.

»Später, Mann, ich muss das erst mal auf mich wirken lassen, alles auf mich wirken lassen. Geh du ruhig schon rein. Ich komme dann nach.«

Fatou stieg die Stufen hinunter und schwamm los. Nicht sehr elegant, auch nicht besonders schnell, aber gleichmäßig und entschlossen. Von Zeit zu Zeit drehte sie den Kopf, um zu sehen, ob Andrew noch in seinem Liegestuhl vor sich hin lächelte. Nach zwanzig Bahnen schwamm sie dorthin, wo er lag, und stützte sich mit den Ellbogen auf die Kacheln.

»Kommst du nicht rein? Es ist ganz warm. Wie in der Badewanne.«

»Doch, doch«, sagte er. »Ich probier's aus.«

Als er sich aufrichtete, klappte sein Bauch nach vorn, und Fatou fragte sich, ob er wohl so lange liegen geblieben war, damit sie ihn nicht in seinem ganzen Ausmaß schwabbeln sah. Er näherte sich den Stufen; Fatou streckte ihm eine Hand entgegen, doch er schob sie weg. Er kletterte hinunter, dann blieb er im flachen Teil des Beckens stehen, schöpfte Wasser über die Schultern, wie ein Fürst, der sich Luft zufächelt, und hockte sich schließlich ganz hinein.

»Es ist tatsächlich warm! Sehr schön. Das ist ein Leben, Mann! Schwimm du ruhig schon mal vor – ich komme nach.«

Fatou stieß sich ab und spritzte dabei so sehr, dass von der Bahn nebenan Beschwerden laut wurden. Am Beckenrand drehte sie sich um und hielt nach Andrew Ausschau. Seine Methode, falls man das so nennen konnte, bestand darin, tief unter Wasser zu tauchen und sich dort wie ein Nilpferd hängen zu lassen, um dann mit den Armen rudernd zum Luftholen hochzukommen, anschließend wieder abzutauchen und sich hängen zu lassen. Selbst für eine kurze Strecke war das ein enormer Kraftaufwand, und als er den Beckenrand schließlich erreichte, keuchte er wie ein Wahnsinniger. Seine Augen – er trug keine Schwimmbrille – waren schmerzlich gerötet.

»Das macht doch nichts.« Fatou versuchte erneut, nach seiner Hand zu greifen. »Wenn du mich lässt, zeige ich dir, wie es geht.« Aber er schüttelte sie ab und rieb sich die Augen.

»In diesem Becken ist viel zu viel Chlor.«

»Möchtest du gehen?«

Andrew drehte sich zu Fatou um und sah sie an. Seine Augen tränten heftig. Für Fatou sah er aus wie ein kleiner Junge, der nicht zeigen will, dass er geweint hat. Aber dann griff er unter Wasser nach ihrer Hand.

»Nein. Ich ruhe mich hier einfach ein bisschen aus.«

»Okay«, sagte Fatou.

»Schwimm du weiter. Du machst das gut. Schwimm weiter.«

»Okay«, sagte Fatou und stieß sich wieder ab, und dann merkte sie, dass sie mit jeder weiteren Bahn immer fahriger und unrhythmischer wurde. Sie war es nicht gewöhnt, dass man ihr beim Schwimmen zusah. Zehn Bahnen später stellte sie sich mitten im Becken hin und ging den Rest der Strecke bis zum Rand zu Fuß.

»Möchtest du in den Jacuzzi?«, fragte sie und deutete in die Richtung.

Im Whirlpool saß eine Frau in einem durchnässten Trainingsanzug, ein Kopftuch um den Kopf. Der Mann neben ihr, vermutlich ihr Mann, starrte Fatou an und sagte dann etwas zu der Frau. Er war so stark behaart, dass er fast so bekleidet wirkte wie sie. Dann standen beide auf und verließen das

Becken. Er trug eine winzige Badehose, wie Fatou es auch bei Andrew befürchtet hatte, aber zu ihrer Freude war das nicht der Fall. Seine Badeshorts waren wunderbar, knielang, rot und robust, und passten gut zu seiner Haut.

»Nein«, sagte Andrew. »Es ist einfach nur schön, mit dir hier zu sein und die Welt vorbeiziehen zu sehen.«

0–21

Am selben Mittag wurde Fatou gefeuert. Nicht wegen der Gastausweise – die Familie Derawal fand nie heraus, wie viele Kilometer Fatou mithilfe ihrer Mitgliedschaft zurückgelegt hatte. Im Grunde fiel es Fatou schwer zu begreifen, warum genau sie eigentlich gefeuert wurde, denn Mrs Derawal schien selbst nicht recht in der Lage, es hinreichend zu erklären.

»Du begreifst anscheinend nicht, dass wir kein Kindermädchen brauchen«, sagte sie, während sie in der Tür von Fatous Zimmer stand – im Zimmer selbst war nicht genug Platz für zwei, ohne dass einer praktisch auf dem Bett saß. »Die Kinder sind schon groß. Wir brauchen eine Haushälterin, die ordentlich putzt. Du interessierst dich in letzter Zeit mehr für die Kinder als fürs Putzen«, setzte Mrs Derawal hinzu, obwohl Fatou sich überhaupt nicht für die Kinder interessierte, nicht im Mindesten. »Und das nützt uns nichts.«

Fatou sagte nichts. Sie dachte daran, dass sie keinen richtigen Koffer besaß und ihre Habseligkeiten in Plastiktüten aus Mrs Derawals Haus würde tragen müssen.

»Du solltest dir also so schnell wie möglich eine andere Bleibe suchen«, sagte Mrs Derawal. »Die Cousine meines Mannes braucht das Zimmer, und sie kommt am Freitag. Diesen Freitag.«

Darüber dachte Fatou einen Augenblick nach. Dann sagte sie: »Kann ich das Telefon benutzen und jemanden anrufen?«

Mrs Derawal musterte ein Stückchen Holz, das sich vom Türrahmen löste. Aber sie nickte.

»Und ich hätte gern meinen Pass zurück.«

»Wie bitte?«

»Ich hätte gern meinen Pass.«

Jetzt sah Mrs Derawal Fatou doch noch an, sah ihr direkt in die Augen, aber ihr Gesicht war so verzerrt, als hätte Fatou ihr einfach eine Ohrfeige gegeben. Es war offensichtlich, dass der Teufel in die arme Mrs Derawal gefahren war. Er hatte sie mit hellem Zorn entzündet.

»Du liebe Zeit, Mädchen, ich habe deinen Pass nicht! Was soll ich denn mit deinem Pass anfangen? Wahrscheinlich liegt er irgendwo in einer Küchenschublade. Muss ich jetzt vielleicht auch noch nach deinen Sachen suchen?«

Fatou blieb allein zurück. Sie packte ihre Sachen in die Alibi-Einkaufstüten, die sie sonst immer mit ins Schwimmbad nahm. Während sie noch damit beschäftigt war, wurde ihr Pass unter der Tür durchgeschoben. Eine Stunde später trug sie die Tüten nach unten und ging direkt zum Telefon in der Diele. Faizul kam vorbei und hob die Hand zum High five. Fatou beachtete ihn nicht und wählte Andrews Nummer. Sie hörte ihrem Freund an der Stimme an, dass sie ihn geweckt hatte, aber er war deswegen kein bisschen ärgerlich. Er hörte sich alles an, was sie zu sagen hatte, und begriff anscheinend auch, ohne dass sie es erklären musste, dass sie gerade nicht frei sprechen konnte. Nachdem sie gesagt hatte, was zu sagen war, stellte er ein paar rasche, logistische Fragen und teilte ihr dann in klaren, klug gewählten Worten mit, wie es weitergehen würde.

»Es wird alles gut. Bei mir im Büro suchen sie Reinigungskräfte – ich frage für dich nach. Und einstweilen kommst du hierher zu mir. Wir wechseln uns mit dem Schlafen ab. Du kannst mir vertrauen. Ich respektiere dich, Fatou.«

Aber sie hatte keine Oyster Card: Die hing in der Küche, am Kühlschrank, unter einem Magneten aus Florida, und sie würde eher sterben, als noch einmal dort hineinzugehen. Gut: Dann würde er sie um achtzehn Uhr an der Overground-Station Brondesbury abholen. Fatou schaute auf die große Uhr, die vor ihr stand: Sie hatte vier Stunden totzuschlagen.

»Achtzehn Uhr«, wiederholte sie. Dann legte sie auf, nahm die restlichen Gastausweise aus der Schublade des Pseudo-Louis-Seize-Garderobenschränkchens und verließ das Haus.

»Heute sind Sie aber bepackt«, sagte die Frau am Empfang des Wellnesscenters und deutete mit dem Kopf auf Fatous Sammlung von Plastiktüten. Fatou hielt ihr ohne ein Lächeln einen Gastausweis zum Abzeichnen hin. »Dann bis zum nächsten Mal«, sagte dieselbe Frau anderthalb Stunden später, als Fatou an ihr vorbeimarschierte, immer noch bepackt und immer noch nicht bereit, für erwiesene Gefälligkeiten dankbar zu sein. Dankbarkeit war doch auch nur eine Form von Sklaverei. Besser, man traf seine eigenen Vorkehrungen.

Als sie hinaustrat in das kalte Grau, verspürte Fatou eine Klarheit, ein Gefühl, als wäre sie reingewaschen, dem weder das Wetter noch ihre neuen Lebensumstände etwas anhaben konnten. Und doch, sie fühlte sich müde und hatte nasse Haare; wenn sie hier draußen wartete, würde sie sich bestimmt erkälten. Es war erst halb fünf. Sie stellte ihre Tüten auf den Bürgersteig und setzte sich daneben, gleich bei der Bushaltestelle gegenüber der Botschaft von Kambodscha. Busse kamen und fuhren weiter, wurden langsamer und fuhren wieder an, wenn sie merkten, dass sie keine Anstalten machte, aufzustehen und einzusteigen. Viele von uns gingen an diesem Nachmittag an ihr vorbei, sahen sie vom Bus aus oder durch die Windschutzscheibe unserer Autos oder von unserem Balkon. Natürlich fragten wir uns, was es mit dieser jungen Frau auf sich hatte, die da mitten am helllichten Tag auf dem nassen Bürgersteig hockte. Wir machten uns Sorgen um sie. Hier in Willesden rechnen wir immer mit dem Schlimmsten. Wir beobachteten, wie sie den Federball beobachtete. *Plong, zack. Plong, zack.* Als könnte der eine Spieler sich nur ein gewaltsames Ende vorstellen und der andere nur den hoffnungsvollen Neubeginn.

THE EMBASSY OF CAMBODIA

0–1

Who would expect the Embassy of Cambodia? Nobody. Nobody could have expected it, or be expecting it. It's a surprise, to us all. The Embassy of Cambodia!

Next door to the embassy is a health centre. On the other side, a row of private residences, most of them belonging to wealthy Arabs (or so we, the people of Willesden, contend). They tend to have Corinthian pillars on either side of their front doors, and – it's widely believed – swimming pools out the back. The embassy, by contrast, is not very grand. It is only a four- or five-bedroom north London suburban villa, built at some point in the 1930s, surrounded by a red-brick wall, about eight feet high. And back and forth, cresting this wall horizontally, flies a shuttlecock. They are playing badminton in the Embassy of Cambodia. Pock, smash. Pock, smash.

The only real sign that the embassy is an embassy at all is the little brass plaque on the door (which reads: »THE EMBASSY OF CAMBODIA«) and the national flag of Cambodia (we assume that's what it is – what else could it be?) flying from the red-tiled roof. Some say, »Oh, but it has a high wall around it, and this is what signifies that it is not a private residence, like the other houses on the street, but rather an embassy.« The people who say so are foolish. Many of the private houses have high walls, quite as high as the Embassy of Cambodia – but they are not embassies.

0–2

On 6 August, Fatou walked past the embassy for the first time, on her way to a swimming pool. It is a large pool, although not quite Olympic size. To swim a mile you must complete eighty-two lengths, which, in its very tedium, often feels as much a mental exercise as a physical one. The water is kept unusually warm, to please the majority of people who patronize the health centre, the kind who come not so much to swim as to lounge poolside or rest their bodies in the sauna. Fatou has swum here five or six times now, and she is often the youngest person in the pool by several decades. Generally, the clientele are white, or else South Asian or from the Middle East, but now and then Fatou finds herself in the water with fellow Africans. When she spots these big men, paddling frantically like babies, struggling simply to stay afloat, she prides herself on her own abilities, having taught herself to swim, several years earlier, at the Carib Beach Resort, in Accra. Not in the hotel pool – no employees were allowed in the pool. No, she learned by struggling through the rough grey sea, on the other side of the resort walls. Rising and sinking, rising and sinking, on the dirty foam. No tourist ever stepped on to the beach (it was covered with trash), much less into the cold and treacherous sea. Nor did any of the other chambermaids. Only some reckless teenage boys, late at night, and Fatou, early in the morning. There is almost no way to compare swimming at Carib Beach and swimming in the health centre, warm as it is, tranquil as a bath. And, as Fatou passes the Embassy of Cambodia, on her way to the pool, over the high wall she sees a shuttlecock, passed back and forth between two unseen players. The shuttlecock floats in a wide arc softly rightwards, and is smashed back, and this happens again and again, the first player always somehow able to retrieve the smash and transform it, once more, into a gentle, floating arc. High above, the sun tries to force its way through a cloud ceiling, grey and filled with water. Pock, smash. Pock, smash.

0–3

When the Embassy of Cambodia first appeared in our midst, a few years ago, some of us said, »Well, if we were poets perhaps we could have written some sort of an ode about this surprising appearance of the embassy.« (For embassies are usually to be found in the centre of the city. This was the first one we had seen in the suburbs.) But we are not really a poetic people. We are from Willesden. Our minds tend towards the prosaic. I doubt there is a man or woman among us, for example, who – upon passing the Embassy of Cambodia for the first time – did not immediately think: »genocide«.

0–4

Pock, smash. Pock, smash. This summer we watched the Olympics, becoming well attuned to grunting, and to the many other human sounds associated with effort and the triumph of the will. But the players in the garden of the Embassy of Cambodia are silent. (We can't say for sure that it is a garden – we have a limited view over the wall. It may well be a paved area, reserved for badminton.) The only sign that a game of badminton is under way at all is the motion of the shuttlecock itself, alternately being lobbed and smashed, lobbed and smashed, and always at the hour that Fatou passes on her way to the health centre to swim (just after ten in the morning on Mondays). It should be explained that it is Fatou's employers – and not Fatou – who are the true members of this health club; they have no idea she uses their guest passes in this way. (Mr and Mrs Derawal and their three children – aged seventeen, fifteen and ten – live on the same street as the embassy, but the road is almost a mile long, with the embassy at one end and the Derawals at the other.) Fatou's deception is possible only because on Mondays Mr Derawal drives to Eltham to visit his mini-market there, and Mrs Derawal works the counter in the family's second mini-mart, in Kensal Rise. In the slim drawer of a faux-Louis XVI console, in the entrance hall of the Derawals' primary residence, one can find a stockpile of guest passes. Nobody besides Fatou seems to remember that they are there.

Since 6 August (the first occasion on which she noticed the badminton), Fatou has made a point of pausing by the bus stop opposite the embassy for five or ten minutes before she goes in to swim, idle minutes she can hardly afford (Mrs Derawal returns to the house at lunchtime) and yet seems unable to forgo. Such is the strangely compelling aura of the embassy. Usually, Fatou gains nothing from this waiting and observing, but on a few occasions she has seen people arrive at the embassy and watched as they are buzzed through the gate. Young white people carrying rucksacks. Often they are scruffy, and wearing sandals, despite the cool weather. None of the visitors so far have been visibly Cambodian. These young people are likely looking for visas. They are buzzed in and then pass through the gate, although Fatou would really have to stand on top of the bus stop to get a view of whoever it is that lets them in. What she can say with certainty is that these occasional arrivals have absolutely no effect on the badminton, which continues in its steady pattern, first gentle, then fast, first soft and high, then hard and low.

0–5

On 20 August, long after the Olympians had returned to their respective countries, Fatou noticed that a basketball hoop had appeared in the far corner of the garden, its net of synthetic white rope rising high enough to be seen over the wall. But no basketball was ever played – at least not when Fatou was passing. The following week it had been moved closer to Fatou's side of the wall. (It must be a mobile hoop, on casters.) Fatou waited a week, two weeks, but still no basketball game replaced the badminton, which carried on as before.

0–6

When I say that we were surprised by the appearance of the Embassy of Cambodia, I don't mean to suggest that the embassy is in any way unique in its peculiarity. In fact, this long, wide street is notable for a number of curious buildings, in the context of which the Embassy of Cambodia does not seem especially strange. There is a mansion called GARYLAND, with something else in Arabic engraved below GARYLAND, and both the English and the Arabic text are inlaid in pink-and-green marble pillars that bookend a gigantic fence, far higher than the embassy's, better suited to a fortress. Dramatic golden gates open automatically to let vehicles in and out. At any one time, GARYLAND has five to seven cars parked in its driveway.

There is a house with a huge pink elephant on the doorstep, apparently made of mosaic tiles.

There is a Catholic nunnery with a single red Ford Focus parked in front. There is a Sikh institute. There is a faux-Tudor house with a pool that Mickey Rooney rented for a season, while he was performing in the West End fifteen summers ago.

That house sits opposite a dingy retirement home, where one sometimes sees distressed souls, barely covered by their dressing gowns, standing on their tiny balconies, staring into the tops of the chestnut trees.

So we are hardly strangers to curious buildings, here in Willesden and Brondesbury. And yet still we find the Embassy of Cambodia a little surprising. It is not the right sort of surprise, somehow.

0–7

In a discarded *Metro* found on the floor of the Derawal kitchen, Fatou read with interest a story about a Sudanese »slave« living in a rich man's house in London. It was not the first time that Fatou had wondered if she herself was a slave, but this story, brief as it was, confirmed in her own mind that she was not. After all, it was her father, and not a kidnapper, who had taken her from Ivory Coast to Ghana, and when they reached Accra they had both found employment in the same hotel. Two years later, when she was eighteen, it was her father again who had organized her difficult passage to Libya and then on to Italy – a not insignificant financial sacrifice on his part. Also, Fatou could read English – and speak a little Italian – and this girl in the paper could not read or speak anything except the language of her tribe. And nobody beat Fatou, although Mrs Derawal had twice slapped her in the face, and the two older children spoke to her with no respect at all and thanked her for nothing. (Sometimes she heard her name used as a term of abuse between them. »You're as black as Fatou.«

Or »You're as stupid as Fatou.«) On the other hand, just like the girl in the newspaper, she had not seen her passport with her own eyes since she arrived at the Derawals', and she had been told from the start that her wages were to be retained by the Derawals to pay for the food and water and heat she would require during her stay, as well as to cover the rent for the room she slept in. In the final analysis, however, Fatou was not confined to the house. She had an Oyster Card, given to her by the Derawals, and was trusted to do the food shopping and other outside tasks, for which she was given cash and told to return with change and receipts for everything. If she did not go out in the evenings that was only because she had no money with which to go out, and anyway knew very few people in London. Whereas the girl in the paper was not allowed to leave her employers' premises, not ever – she was a prisoner.

On Sunday mornings, for example, Fatou regularly left the house, to meet her church friend Andrew Okonkwo at the 98 bus stop and go with him to worship at the Sacred Heart of Jesus, just off the Kilburn High Road. Afterwards Andrew always took her to a Tunisian café, where they had coffee and cake, which Andrew, who worked as a night guard in the City, always paid for. And on Mondays Fatou swam. In very warm water, and thankful for the semi-darkness in which the health club, for some reason, kept its clientele, as if the place were a nightclub, or a midnight Mass. The darkness helped disguise the fact that her swimming costume was in fact a sturdy black bra and a pair of plain black cotton knickers. No, on balance she did not think she was a slave.

0–8

The woman exiting the Embassy of Cambodia did not look especially like a New Person or an Old Person – neither clearly of the city nor the country – and of course it is a long time since this division meant anything in Cambodia. Nor did these terms mean anything to Fatou, who was curious only to catch her first sighting of a possible Cambodian anywhere near the Embassy of Cambodia. She was particularly interested in the woman's clothes, which were precise and utilitarian – a grey shirt tucked tightly into a pair of tan slacks, a blue mackintosh, a droopy rain hat – just as if she were a man, or no different from a man. Her straight black hair was cut short. She had in her hands many bags from Sainsbury's, and this Fatou found a little mysterious: where was she taking all that shopping? It also surprised her that the woman from the Embassy of Cambodia should shop in the same Willesden branch of Sainsbury's where Fatou shopped for the Derawals. She had an idea that Oriental people had their own, secret establishments and shopped there. (She believed the Jews did, too.) She both admired and slightly resented this self-reliance, but had no doubt that it was the secret to holding great power, as a people. For example, when the Chinese had come to Fatou's village to take over the mine, an abiding local mystery had been: what did they eat and where did they eat it? They certainly did not buy food in the market, or from the Lebanese traders along the main road. They made their own arrangements. (Whether back home or here, the key to surviving as a people, in Fatou's opinion, was to make your own arrangements.)

But, looking again at the bags the Cambodian woman carried, Fatou wondered whether they weren't in fact very old bags – hadn't their design changed? The more she looked at them the more convinced she became that they contained not food but clothes or something else again, the outline of each bag being a little too rounded and smooth. Maybe she was simply taking out the rubbish. Fatou stood at the bus stop and watched until the Cambodian woman reached the corner, crossed and turned left towards the high road. Meanwhile, back at the embassy the badminton continued to be played, though with a little more effort now because of a wayward wind. At one point it seemed to Fatou that the next lob would blow southwards, sending the shuttlecock over the wall to land lightly in her own hands. Instead the other player, with his vicious reliability (Fatou had long ago decided that both players were men), caught the shuttlecock as it began to drift and sent it back to his opponent – another deathly, downward smash.

0–9

No doubt there are those who will be critical of the narrow, essentially local scope of Fatou's interest in the Cambodian woman from the Embassy of Cambodia, but we, the people of Willesden, have some sympathy with her attitude. The fact is if we followed the history of every little country in this world – in its dramatic as well as its quiet times – we would have no space left in which to live our own lives or to apply ourselves to our necessary tasks, never mind indulge in occasional pleasures, like swimming.

Surely there is something to be said for drawing a circle around our attention and remaining within that circle. But how large should this circle he?

0–10

It was the Sunday after Fatou saw the Cambodian that she decided to put a version of this question to Andrew, as they sat in the Tunisian café eating two large fingers of dough stuffed with cream and custard and topped with a strip of chocolate icing. Specifically, she began a conversation with Andrew about the Holocaust, as Andrew was the only person she had found in London with whom she could have these deep conversations, partly because he was patient and sympathetic to her, but also because he was an educated person, presently studying for a part-time business degree at the College of North West London. With his student card he had been given free, twenty-four-hour access to the Internet.

»But more people died in Rwanda,« Fatou argued. »And nobody speaks about that! Nobody!«

»Yes, I think that's true,« Andrew conceded, and put the first of four sugars in his coffee. »I have to check. But, yes, millions and millions. They hide the true numbers, but you can see them online. There's always a lot of hiding; it's the same all over. It's like this bureaucratic Nigerian government – they are the greatest at numerology, hiding figures, changing them to suit their purposes. I have a name for it: I call it ›demonology‹. Not ›numerology‹ – ›demonology‹.«

»Yes, but what I am saying is like this,« Fatou pressed, wary of the conversation's drifting back, as it usually did, to the financial corruption of the Nigerian government. »Are we born to suffer? Sometimes I think we were born to suffer more than all the rest.«

Andrew pushed his professorial glasses up his nose. »But, Fatou, you're forgetting the most important thing. Who cried most for Jesus? His mother. Who cries most for you? Your father. It's very logical, when you break it down. The Jews cry for the Jews. The Russians cry for the Russians. We cry for Africa, because we are Africans, and, even then, I'm sorry, Fatou« – Andrew's chubby face creased up in a smile – »if Nigeria plays Ivory Coast and we beat you into the ground, I'm laughing, man! I can't lie. I'm celebrating. Stomp! Stomp!«

He did a little dance with his upper body, and Fatou tried, not for the first time, to imagine what he might be like as a husband, but could see only herself as the wife, and Andrew as a teenage son of hers, bright and helpful, to be sure, but a son all the same – though in reality he was three years older than she. Surely it was wrong to find his baby fat and struggling moustache so off-putting. Here was a good man! She knew that he cared for her, was clean and had given his life to Christ. Still, some part of her rebelled against him, some unholy part.

»Hush your mouth,« she said, trying to sound more playful than disgusted, and was relieved when he stopped jiggling and laid both his hands on the table, his face suddenly quite solemn.

»Believe me, that's a natural law, Fatou, pure and simple. Only God cries for us all, because we are *all* his children. It's very, very logical. You just have to think about it for a moment.«

Fatou sighed, and spooned some coffee foam into her mouth. »But I still think we have more pain. I've seen it myself. Chinese people have never been slaves. They are always protected from the worst.«

Andrew took off his glasses and rubbed them on the end of his shirt. Fatou could tell that he was preparing to lay knowledge upon her.

»Fatou, think about it for a moment, please: what about Hiroshima?«

It was a name Fatou had heard before, but sometimes Andrew's superior knowledge made her nervous. She would find herself struggling to remember even the things she had believed she already knew.

»The big wave …« she began, uncertainly – it was the wrong answer. He laughed mightily and shook his head at her.

»No, man! Big bomb. Biggest bomb in the world, made by the USA, of course. They killed five million people in *one second*. Can you imagine that? You think just because your eyes are like this« – he tugged the skin at both temples – »you're always protected? Think again. This bomb, even if it didn't blow you up, a week later it melted the skin off your bones.«

Fatou realized she had heard this story before, or some version of it. But she felt the same vague impatience with it as she did with all accounts of suffering in the distant past. For what could be done about the suffering of the distant past?

»OK,« she said. »Maybe all people have their hard times, in the past of history, but I still say –«

»Here is a counterpoint,« Andrew said, reaching out and gripping her shoulder. »Let me ask you, Fatou, seriously, think about this. I'm sorry to interrupt you, but I have thought a lot about this and I want to pass it on to you, because I know you care about things seriously, not like these people –« He waved a hand at the assortment of cake eaters at other tables. »You're not like the other girls I know, just thinking about the club and their hair. You're a person who thinks. I told you before, anything you want to know about, ask me – I'll look it up, I'll do the research. I have access. Then I'll bring it to you.«

»You're a very good friend to me, Andrew, I know that.«

»Listen, we are friends to each other. In this world you need friends. But, Fatou, listen to my question. It's a counterpoint to what you have been saying. Tell me, why would God choose us especially for suffering when we, above all others, praise his name? Africa is the fastest-growing Christian continent! Just think about it for a minute! It doesn't even make sense!«

»But it's not him,« Fatou said quietly, looking over Andrew's shoulder to the rain beating on the window. »It's the Devil.«

0–11

Andrew and Fatou sat in the Tunisian coffee shop, waiting for it to stop raining, but it did not stop raining and at three p.m. Fatou said she would just have to get wet. She shared Andrew's umbrella as far as the Overground, letting him pull her into his clammy, high-smelling body as they walked. At Brondesbury station Andrew had to get the train, and so they said goodbye. Several times he tried to press his umbrella on her, but Fatou knew the walk from Acton Central to Andrew's bedsit was long and she refused to let him suffer on her account.

»Big woman. Won't let anybody protect you.«

»Rain doesn't scare me.«

Fatou took from her pocket a swimming cap she had found on the floor of the health club changing room. She wound her plaits into a bun and pulled the cap over her head.

»That's a very original idea,« Andrew said, laughing. »You should market that! Make your first million!«

»Peace be with you,« Fatou said, and kissed him chastely on the cheek.

Andrew did the same, lingering a little longer with his kiss than was necessary.

0–12

By the time Fatou reached the Derawals' only her hair was dry, but before going to get changed she rushed to the kitchen to take the lamb out of the freezer, though it was pointless – there were not enough hours before dinner – and then upstairs to collect the dirty clothes from the matching wicker baskets in four different bedrooms. There was no one in the master bedroom, or in Faizul's or Julie's. Downstairs a television was blaring. Entering Asma's room, hearing nothing, assuming it empty, Fatou headed straight for the laundry basket in the corner. As she opened the lid she felt a hand hit her hard on the back; she turned around.

There was the youngest, Asma, in front of her, her mouth open like a trout fish. Before Fatou could understand, Asma punched the huge pile of clothes out of her hands. Fatou stooped to retrieve them. While she was kneeling on the floor, another strike came, a kick to her arm. She left the clothes where they were and got up, frightened by her own anger. But when she looked at Asma now she saw the girl gesturing frantically at her own throat, then putting her hands together in prayer and then back to her throat once more. Her eyes were bulging. She veered suddenly to the right; she threw herself over the back of a chair. When she turned back to Fatou her face was grey and Fatou understood finally and ran to her, grabbed her round her waist and pulled upwards as she had been taught in the hotel. A marble – with an iridescent ribbon of blue at its centre, like a wave – flew from the child's mouth and landed wetly in the carpet's plush.

Asma wept and drew in frantic gulps of air. Fatou gave her a hug, and worried when the clothes would get done. Together they went down to the den, where the rest of the family was watching *Britain's Got Talent* on a flat-screen TV attached to the wall. Everybody stood at the sight of Asma's wild weeping. Mr Derawal paused the Sky box. Fatou explained about the marble.

»How many times I tell you not to put things in your mouth?« Mr Derawal asked, and Mrs Derawal said something in their language – Fatou heard the name of their God – and pulled Asma on to the sofa and stroked her daughter's silky black hair.

»I couldn't breathe, man! I couldn't call nobody,« Asma cried. »I was gonna die!«

»What you putting marbles in your mouth for anyway, you idiot?« Faizul said, and unpaused the

Sky box. »What kind of chief puts a marble in her mouth? Idiot. Bet you was bricking it.«

»Oi, she saved your life,« said Julie, the eldest child, whom Fatou generally liked the least.

»Fatou saved your life. That's deep.«

»I woulda just done this,« Faizul said, and performed an especially dramatic Heimlich to his own skinny body. »And if that didn't work I woulda just start pounding myself karate style, bam bam bam bam bam –«

»Faizul!« Mr Derawal shouted, and then turned stiffly to Fatou, and spoke not to her, exactly, but to a point somewhere between her elbow and the sunburst mirror behind her head. »Thank you, Fatou. It's lucky you were there.«

Fatou nodded and went to leave, but at the doorway to the den Mrs Derawal asked her if the lamb had defrosted and Fatou had to confess that she had only just taken it out. Mrs Derawal said something sharply in her language. Fatou waited for something further, but Mr Derawal only smiled awkwardly at her, and nodded as a sign that she could go now. Fatou went upstairs to collect the clothes.

0–13

»To keep you is no benefit. To destroy you is no loss« was one of the mottoes of the Khmer Rouge. It referred to the New People, those city dwellers who could not be made to give up city life and work on a farm. By returning everybody back to the land, the regime hoped to create a society of Old People – that is to say, of agrarian peasants. When a New Person was relocated from the city to the country, it was vital not to show weakness in the fields. Vulnerability was punishable by death.

In Willesden, we are almost all New People, though some of us, like Fatou, were, until quite recently, Old People, working the land in our various countries of origin. Of the Old and New People of Willesden I speak; I have been chosen to speak for them, though they did not choose me and must wonder what gives me the right. I could say, »Because I was born at the crossroads of Willesden, Kilburn and Queen's Park!« But the reply would be swift and damning: »Oh, don't be foolish, many people were born right there; it doesn't mean anything at all. We are not one people and no one can speak for us. It's all a lot of nonsense. We see you standing on the balcony, overlooking the Embassy of Cambodia, in your dressing gown, staring into the chestnut trees, looking gormless. The real reason you speak in this way is because you can't think of anything better to do.«

0–14

On Monday, Fatou went swimming. She paused to watch the badminton. She thought that the arm that delivered the smashes must make a movement similar to the one she made in the pool, with her clumsy yet effective front crawl. She entered the health centre and gave a guest pass to the girl behind the desk. In the dimly lit changing room, she put on her sturdy black underwear. As she swam, she thought of Carib Beach. Her father serving snapper to the guests on the deck, his bow tie always a little askew, the ugly tourists, the whole scene there. Of course, it was not surprising in the least to see old white men from Germany with beautiful local girls on their laps, but she would never forget the two old white women from England – red women, really, thanks to the sun – each of them as big as two women put together, with Kweku and Osai lying by their sides, the boys hooking their scrawny black bird-arms round the women's massive red shoulders, and dancing with them in the hotel »ballroom«, answering to the names Michael and David, and disappearing into the women's cabins at night. She had known the boys' real girlfriends; they were chambermaids like Fatou. Sometimes they cleaned the rooms where Kweku and Osai spent the night with the English women. And the girls themselves had »boyfriends« among the guests. It was not a holy place, that hotel. And the pool was shaped like a kidney bean: nobody could really swim in it, or showed any sign of wanting to. Mostly, they stood in it and drank cocktails. Sometimes they even had their burgers delivered to the pool. Fatou hated to watch her father crouching to hand a burger to a man waist-high in water.

The only good thing that happened in Carib Beach was this: once a month, on a Sunday, the congregation of a local church poured out of a coach at the front gates, lined up fully dressed in the courtyard and then walked into the pool for a mass baptism. The tourists were never warned, and Fatou never understood why the congregants were allowed to do it. But she loved to watch their white shirts bloat and spread across the surface of the water, and to hear the weeping and singing. At the time – though she was not then a member of that church, or of any church except the one in her heart – she had felt that this baptism was for her, too, and that it kept her safe, and that this was somehow the reason she did not become one of the

»girls« at the Carib Beach Resort. In almost two years – between her father's efforts and the grace of an unseen and unacknowledged God – she did her work, and swam Sunday mornings at the crack of dawn, and got along all right. But the Devil was waiting.

She had only a month left in Accra when she entered a bedroom to clean it one morning and heard the door shut softly behind her before she could put a hand to it. He came, this time, in Russian form. Afterwards, he cried and begged her not to tell anyone: his wife had gone to see the Cape Coast Castle and they were leaving the following morning. Fatou listened to his blubbering and realized that he thought the hotel would punish him for his action, or that the police would be called. That was when she knew that the Devil was stupid as well as evil. She spat in his face and left. Thinking about the Devil now made her swimming fast and angry, and for a while she easily lapped the young white man in the lane next to hers, the faster lane.

0–15

»Don't give the Devil your anger, it is his food,« Andrew said to her, when they first met, a year ago. He handed her a leaflet as she sat eating a sandwich on a bench in Kilburn Park. »Don't make it so easy for him.« Without being invited, he took the seat next to hers and began going through the text of his leaflet. It was printed to look like a newspaper, and he started with the headline: »WHY IS THERE PAIN?« She liked him. They began a theological conversation. It continued in the Tunisian café, and every Sunday for several months. A lot of the things he said she had heard before from other people, and they did not succeed in changing her attitude. In the end, it was one thing that he said to her that really made the difference. It was after she'd told him this story:

»One day, at the hotel, I heard a commotion on the beach. It was early morning. I went out and I saw nine children washed up dead on the beach. Ten or eleven years old, boys and girls. They had gone into the water, but they didn't know how to swim. Some people were crying, maybe two people.

Everyone else just shook their heads and carried on walking to where they were going. After a long time, the police came. The bodies were taken away. People said, »Well, they are with God now.« Everybody carried on like before. I went back to work. The next year I was in Rome. I saw a boy who was about fifteen years old knocked down on his bike. He was dead. People were screaming and crying in the street. Everybody crying. They were not his family. They were only strangers. The next day, it was in the paper.«

And Andrew replied, »A tap runs fast the first time you switch it on.«

0–16

Twenty more laps. Fatou tried to think of the last time she had cried. It was in Rome, but it wasn't for the boy on the bike. She was cleaning toilets in a Catholic girls' school. She did not know Jesus then, so it made no difference what kind of school it was – she only knew she was cleaning toilets. At midday, she had a fifteen-minute break. She would go to the little walled garden across the road to smoke a cigarette. One day, she was sitting on a bench near a fountain and spotted something odd in the bushes. A tin of green paint. A gold spray can. A Statue of Liberty costume. An identity card with the name Rajib Devanga. One shoe. An empty wallet. A plastic tub with a slit cut in the top meant for coins and euro notes – empty. A little stain of what looked like blood on this tub. Until that point, she had been envious of the Bengali boys on Via Nazionale. She felt that she, too, could paint herself green and stand still for an hour. But when she tried to find out more the Bengalis would not talk to her. It was a closed shop, for brown men only. Her place was in the toilet stalls. She thought those men had it easy. Then she saw that little sad pile of belongings in the bush and cried; for herself or for Rajib, she wasn't sure.

Now she turned on to her back in the water for the final two laps, relaxed her arms and kicked her feet out like a frog. Water made her think of more water. »When you're baptized in our church, all sin is wiped, you start again«: Andrew's promise. She had never told Andrew of the sin precisely, but she knew that he knew she was not a virgin. The day she finally became a Catholic, 6 February 2011, Andrew had taken her, hair still wet, to the Tunisian café and asked her how it felt.

She was joyful! She said, »I feel like a new person!«

But happiness like that is hard to hold on to. Back at work the next day, picking Julie's dirty underwear up off the floor inches from the wicker basket, she had to keep reminding herself of her new relationship with Jesus and how it changed everything. Didn't it change everything? The following Sunday she expressed some of her doubt, cautiously, to Andrew.

»But did you think you'd never feel sad again? Never angry or tired or just pissed off – sorry about my language. Come on, Fatou! Wise up, man!«

Was it wrong to hope to be happy?

0–17

Lost to these watery thoughts, Fatou got home a little later than usual and was through the door only minutes before Mrs Derawal.

»How is Asma?« Fatou asked. She had heard the girl cry out in the night.

»My goodness, it was just a little marble,« Mrs Derawal said, and Fatou realized that it was not in her imagination: since Sunday night, neither of the adult Derawals had been able to look her in the eye. »What a fuss everybody is making. I have a list for you – it's on the table.«

0–18

Fatou watched Andrew pick his way through the tables in the Tunisian café, holding a tray with a pair of mochas on it and some croissants. He hit the elbow of one man with his backside and then trailed the belt of his long, silly leather coat through the lunch of another, apologizing as he went. You could not say he was an elegant man. But he was generous, he was thoughtful. She stood up to push a teetering croissant back on to its plate. They sat down at the same time, and smiled at each other.

»A while ago you asked me about Cambodia,« Andrew said. »Well, it's a very interesting case.« He tapped the frame of his glasses. »If you even wore a pair of these? They would kill you. Glasses meant you thought too much. They had very primitive ideas. They were enemies of logic and progress. They wanted everybody to go back to the country and live like simple people.«

»But sometimes it's true that things are simpler in the country.«

»In some ways. I don't really know. I've never lived in the country.«

I don't really know. It was good to hear him say that! It was a good sign. She smiled cheekily at him. »People are less sinful in the country,« she said, but he did not seem to see she was flirting with him, and began upon another lecture.

»That's true. But you can't force people to live in the country. That's what I call a Big Man Policy. I invented this phrase for my dissertation. We know all about Big Man Policies in Nigeria.

They come from the top and they crush you. There's always somebody who wants to be the Big Man, and take everything for themselves, and tell everybody how to think and what to do. When, actually, it's he who is weak. But if the Big Men see that *you* see that *they* are weak they have no choice but to destroy you. That is the real tragedy.«

Fatou sighed. »I never met a man who didn't want to tell everybody how to think and what to do,« she said.

Andrew laughed. »Fatou, you include me? Are you a feminist now, too?«

Fatou brought her mug up to her lips and looked penetratingly at Andrew. There were good and bad kinds of weakness in men, and she had come to the conclusion that the key was to know which kind you were dealing with.

»Andrew,« she said, putting her hand on his, »would you like to come swimming with me?«

0–19

Because Fatou believed that the Derawals' neighbours had been instructed to spy on her, she would not let Andrew come to the house to pick her up on Monday, instead leaving as she always did, just before ten, carrying misleading Sainsbury's bags and walking towards the health centre. She spotted him from a long way off – the road was so straight and he had arrived early. He stood shivering in the drizzle. She felt sorry, but also a little prideful: it was the prospect of seeing her body that had raised this big man from his bed. Still, it was a sacrifice, she knew, for her friend to come out to meet her on a weekday morning. He worked all night long and kept the daytime for sleeping. She watched him waving at her from their agreed meeting spot, just on the corner, in front of the Embassy of Cambodia. After a while, he stopped waving – because she was still so far away – and then, a little later, he began waving again. She waved back, and when she finally reached him they surprised each other by holding hands. »I'm an excellent badminton player,« Andrew said, as they passed the Embassy of Cambodia. »I would make you weep for mercy! Next time, instead of swimming we should play badminton somewhere.« Next time, we should go to Paris. Next time, we should go to the moon. He was a dreamer. But there are worse things, Fatou thought, than being a dreamer.

»So you're a guest and this is your guest?« the girl behind the desk asked.

»I am a guest and this is another guest,« Fatou replied.

»Yeah … that's not really how it works?«

»Please,« Fatou said. »We've come from a long way.«

»I appreciate that«, the girl said. »But I really shouldn't let you in, to be honest.«

»Please,« Fatou said again. She could think of no other argument.

The girl took out a pen and made a mark on Fatou's guest pass.

»This one time. Don't tell no one I did this, please. One time only! I'll need to cross off two separate visits.«

For one time only, then, Andrew and Fatou approached the changing rooms together and parted at the doors that led to the men's and the women's. In her changing room, Fatou got ready with lightning speed. Yet somehow he was already there on a lounger when she came out, eyes trained on the women's changing-room door, waiting for her to emerge.

»Man, this is the life!« he said, putting his arms behind his head.

»Are you getting in?« Fatou asked, and tried to place her hands, casually, in front of her groin.

»Not yet, man, I'm just taking it all in, taking it all in. You go in. I'll come in a moment.«

Fatou climbed down the steps and began to swim. Not elegant, not especially fast, but consistent and determined. Every now and then she would angle her head to try to see if Andrew was still on his chair, smiling to himself. After twenty laps, she swam to where he lay and put her elbows on the tiles.

»You're not coming in? It's so warm. Like a bath.«

»Sure, sure,« he said. »I'll try it.«

As he sat up his stomach folded in on itself, and Fatou wondered whether he had spent all that time on the lounger to avoid her seeing its precise bulk and wobble. He came towards the stairs; Fatou held out a hand to him, but he pushed it away. He made his way down and stood in the shallow end, splashing water over his shoulders like a prince fanning himself, and then crouching down into it.

»It is warm! Very nice. This is the life, man! You go, swim – I'll follow you.«

Fatou kicked off, creating so much splash she

heard someone in the adjacent lane complain. At the wall, she turned and looked for Andrew. His method, such as it was, involved dipping deep under the water and hanging there like a hippo, then batting his arms till he crested for air, and then diving down again and hanging. It was a lot of energy to expend on a short distance, and by the time he reached the wall he was panting like a maniac. His eyes – he had no goggles – were painfully red.

»It's OK,« Fatou said, trying to take his hand again. »If you let me, I'll show you how.« But he shrugged her off and rubbed at his eyes.

»There's too much bloody chlorine in this pool.«

»You want to leave?«

Andrew turned back to look at Fatou. His eyes were streaming. He looked, to Fatou, like a little boy trying to disguise the fact he had been crying. But then he held her hand, under the water.

»No. I'm just going to take it easy right here.«

»OK,« Fatou said.

»You swim. You're good. You swim.«

»OK,« Fatou said, and set off, and she found that each lap was more distracted and rhythmless than the last. She was not used to being watched while she swam. Ten laps later, she suddenly stood up halfway down the lane and walked the rest of the distance to the wall.

»You want to go in the Jacuzzi?« she asked him, pointing to it.

In the hot tub sat a woman dressed in a soaking tracksuit, her head covered with a headscarf. A man next to the woman, perhaps her husband, stared at Fatou and said something to the woman. He was so hairy he was almost as covered as she was. Together they rose up out of the water and left. He was wearing the tiniest of Speedos, the kind Fatou had feared Andrew might wear, and was grateful he had not. Andrew's shorts were perfectly nice, knee-length, red and solid, and looked good against his skin.

»No,« Andrew said. »It's great just to be here with you, watching the world go by.«

0–21

That same evening, Fatou was fired. Not for the guest passes – the Derawals never found out how many miles Fatou had travelled on their member ship. In fact, it was hard for Fatou to understand exactly why she was being fired, as Mrs Derawal herself did not seem able to explain it very precisely.

»What you don't understand is that we have no need for a nanny,« she said, standing in the doorway of Fatou's room – there was not really enough space in there for two people to stand without one of them being practically on the bed. »The children are grown. We need a housekeeper, one who cleans properly. These days, you care more about the children than the cleaning,« Mrs Derawal added, though Fatou had never cared for the children, not even slightly. »And that is of no use to us.«

Fatou said nothing. She was thinking that she did not have a proper suitcase and would have to take her things from Mrs Derawal's house in plastic bags.

»And so you will want to find somewhere else to live as soon as possible,« Mrs Derawal said. »My husband's cousin is coming to stay in this room on Friday – this Friday.«

Fatou thought about that for a moment. Then she said, »Can I please use the phone for one call?«

Mrs Derawal inspected a piece of wood that had flaked from the doorframe. But she nodded.

»And I would like to have my passport, please.«

»Excuse me?«

»My passport, please.«

At last Mrs Derawal looked at Fatou, right into her eyes, but her face was twisted, as if Fatou had just reached over and slapped her. Anyone could see the Devil had climbed inside poor Mrs Derawal. He was lighting her up with a pure fury.

»For goodness' sake, girl, I don't have your passport! What would I want with your passport? It's probably in a drawer in the kitchen somewhere. Is that my job now, too, to look for your things?«

Fatou was left alone. She packed her things into the decoy shopping bags she usually took to the swimming pool. While she was doing this, someone pushed her passport under her door. An hour later she carried her bags downstairs and went directly to the phone in the hall. Faizul walked by and lifted his hand for a high-five. Fatou ignored him and dialled Andrew's number. From her friend's voice she knew that she had woken him, but he was not even the slightest bit angry. He listened to all she had to say and seemed to understand, too, without her having to say so, that at this moment she could not speak freely. After she had said her part, he asked a few quick technical questions and then explained clearly and carefully what was to happen.

»It will all be OK. They need cleaners in my offices – I will ask for you. In the meantime, you come here. We'll sleep in shifts. You can trust me. I respect you, Fatou.«

But she did not have her Oyster Card; it was in the kitchen, on the fridge under a magnet of Florida, and she would rather die than go in there. Fine: he could meet her at six p.m. at Brondesbury Overground station. Fatou looked at the grandfather clock in front of her: she had four hours to kill.

»Six o'clock,« she repeated. She put the phone down, took the rest of the guest passes from the drawer of the faux-Louis XVI console and left the house.

»Weighed down a bit today,« the girl at the desk of the health club said, nodding at Fatou's collection of plastic bags. Fatou held out a guest pass for a stamp and did not smile. »See you next time,« this same girl said, an hour and a half later, as Fatou strode past, still weighed down and still unwilling to be grateful for past favours. Gratitude was just another kind of servitude. Better to make your own arrangements.

Walking out into the cold grey, Fatou felt a sense of brightness, of being washed clean, that neither the weather nor her new circumstances could dim. Still, her limbs were weary and her hair was wet; she would probably catch a cold, waiting out here. It was only four thirty. She put her bags on the pavement and sat down next to them, just by the bus stop opposite the Embassy of Cambodia. Buses came and went, slowing down for her and then jerking forward when they realized that she had no interest in getting up and on. Many of us walked past her that afternoon, or spotted her as we rode the bus, or through the windscreens of our cars, or from our balconies. Naturally, we wondered what this girl was doing, sitting on the damp pavement in the middle of the day. We worried for her. We tend to assume the worst, here in Willesden. We watched her watching the shuttlecock. Pock, smash. Pock, smash. As if one player could imagine only a violent conclusion and the other only a hopeful return.

Zadie Smith. Das Buch der anderen. Gebunden.